作家と楽しむ古典

松尾芭蕉／おくのほそ道　松浦寿輝
与謝蕪村　辻原登
小林一茶　長谷川櫂
近現代俳句　小澤實
近現代詩　池澤夏樹

河出書房新社

はじめに

池澤夏樹

「作家と楽しむ古典」シリーズの五冊め。

今回は芭蕉と蕪村、一茶、それに近現代俳句と近現代詩について選択と解釈を担当した方たちの講演を収める。

今の日本には短歌があり、俳句があり、明治以降に書かれた西欧風の行分けの詩があって、この三者は共存している。世界の文芸でも珍しい現象だと思うが、どれも広い意味では韻文すなわち詩である。

小説に比べると詩は日常から遠いように思われる。ここ何十年かでベストセラーになったのは俵万智の『サラダ記念日』くらいではなかったか。

しかしそれは表層のことで、実は詩は日々の暮らしに浸透している。韻文とは少ない言葉に多くの意を盛る技術であるからその応用範囲は広い。広告のキャッチコピーから警察の標語まで、またすべての歌の歌詞まで、日本語で暮らす我々は常に韻文のシャワーを浴びている。それぞれの立ち位置に応じて七五調との距離の取りかたが異なるのも面白い。

更に韻文はすべての文芸の骨格を成す。散文の出来はそれが秘める韻文によって決まると言ってもいい（名文をフーリエ級数に分解してみればさまざまな波長の韻律を含んでいることがわかるだろう）。

具体的につながる例を挙げれば、「池澤夏樹＝個人編集　日本文学全集」の『近現代作家集　Ⅱ』に収めた久保田万太郎の「三の酉」という短篇の背後には『近現代詩歌』の巻で小澤實が選んだ久保田の「湯豆腐（ゆどうふ）やいのちのはてのうすあかり」がある。

先日から大江健三郎の長篇『水死』を読んでいる。このタイトルはT・S・エリオットの長詩『荒地（あれち）』の「水死 death by water」という章に由来するものだが、その背後には（たぶん）シェイクスピアの『テンペスト』のエアリエルの歌が潜んでいる――

父上は五尋（ひろ）の海の底
　その骨は珊瑚と化して
眼であったものは今は真珠
　身体はすべて朽ちることなく
霊妙な海の力を蒙って

豊かで不思議な変化を遂げる
海の妖精たちが弔鐘を鳴らす

そしてこの歌はぼくの短篇「骨は珊瑚、眼は真珠」に繋がっており、更に「海の変化 sea change」はイギリスの優れた少年海洋冒険小説、邦題で呼べば『海に育つ』（R・アームストロング）のタイトルにもなっている。逆にA・H・オーデンは『テンペスト』をもとに『海と鏡 The Sea and the Mirror』という組詩を作った。

『源氏物語』で藤壺が亡くなった時、光君が「今年ばかりは」と呟くのは、『古今和歌集』で広く知られた上野岑雄の「深草の野辺の桜し心あらば今年ばかりは墨染に咲け」を踏まえてのこと。

最近の例で言えば、円城塔の『文字渦』には、『おくのほそ道』の「雲の峰幾つ崩て月の山」は松尾芭蕉が月に行った時に詠んだ句だという説がある。もちろん冗談、しかしとても上等な冗談。

つまり文学の世界には韻文による秘かな地下のネットワークがあるのだ。

その機微をこの一冊に読み取っていただきたい。

目次

近現代詩

作家と楽しむ古典

松尾芭蕉／おくのほそ道
与謝蕪村
小林一茶
近現代俳句
近現代詩

松尾芭蕉／おくのほそ道

旅に生き、旅を愉しみ、旅に病んで逝った人

松浦寿輝

［松尾芭蕉］

一六四四～一六九四。伊賀国上野（現・三重県）生まれ。江戸時代前期の俳人。名を宗房、別号は桃青など。貞門の俳人でもあった主君・藤堂良忠に仕えて俳諧を学び、京都で北村季吟に師事。のち江戸に下り、談林に傾倒。三十代中頃に俳諧宗匠となる。深川に庵を結び、のちに芭蕉庵と号する。正風（蕉風）俳諧を確立し、晩年には「軽み」の俳風に達した。おもな撰集に『冬の日』『ひさご』『猿蓑』、紀行・日記に『おくのほそ道』『笈の小文』『嵯峨日記』など。

アマチュアとして

私は近代フランスの文学や文化を研究しておりまして、松尾芭蕉(まつおばしょう)とはまったく縁のなかった人間です。俳句はつくらないのですけれども、自由律の現代詩を書いたりしておりまして、日本の詩歌という視点から芭蕉には深い興味があって昔から読みつづけておりました。ささやかな縁かもしれませんが蛮勇を奮ってお引き受けして、かろうじてできた仕事が「おくのほそ道」現代語訳と芭蕉句の百選です。

日本の文学において、詩歌の現場は三つに分かれています。俳句と短歌と詩です。俳句をつくる人は俳人と名乗り、短歌や詩をかえりみない。短歌をつくる人は歌人と名乗り、俳句や詩をかえりみない。詩をつくる人は詩人と名乗り、俳句や短歌をかえりみない。まるで三つのジャンルがあるかのごとく、たがいの垣根が高いんですね。これはちょっと変なことで、本当は詩歌は一つのものであるはずです。ですから垣根を越えて関心をもち、たがいの形式を試みてはどうだろうと思うんですけれども、今のところそういった試みが見られないのは残念なことです。

松尾芭蕉はなにしろ巨大な存在ですから、芭蕉研究、芭蕉論、芭蕉の評釈は山のようにあって、図書館の棚を見てもそれらが居並んでいますよね。これは片手間にフォローできることではありません。『おくのほそ道』を徹底的に読み解こうとすれば、一人の人間が生涯をかけて専門的に研究をするしかないでしょう。しかしながら、私の仕事の向き合い方は専門家のものではないだろうと思い、あくまで素人の読み手として、手に入る限りのものを情報として利用しながらやった仕事がこれです。

一年半くらいでしょうか、芭蕉の世界に沈潜して過ごしました。こころよい時間でした。今から三世紀半ほど前の江戸時代の文人が、どういうことを考え、何をやり遂げようとしていたのか。いろいろと思いを馳せて、楽しみながら訳文をつくり評釈をつけました。その一端をお話ししていきます。

旅に生き、旅に死ぬ

まず、芭蕉の生きた時代と生涯をふりかえり、歴史のなかに位置づけます。松尾芭蕉は一六四四年（正保元）に生まれ、一六九四年（元禄七）に亡くなりました。江戸時代の前期、元禄が始まった頃まで生きました。西欧風に言うと、十七世紀の文人ですね。三重県の伊賀上野に生まれ、俳諧師として生きていこうと決意して江戸に出て、隆盛を極めていた貞門（ていもん）俳諧に入門し、貞門流の俳句づくりを勉強します。それから談林派に移り、談林俳諧を学びます。心なしの詩とまでは言いませんけれども、貞門派も談林派も主には言語遊戯みたいなもので、つまり洒落（しゃれ）た言葉の使い方で面白がらせようという趣向の俳諧です。それに飽き足らないものを覚えた芭蕉は一六八〇年（延宝八）、その頃にはもうひとかどの宗匠を名乗っていたんですけれども、宗匠生活からの引退を宣言し、現在の東京都江東区深川の庵に引き籠もってしまいます（ちなみに、後にこれが芭蕉庵と呼ばれるようになり、そこから芭蕉の名前が生まれました）。このとき芭蕉三十七歳。三十代半ばを過ぎたときに隠居を名乗るなんて信じがたい気もしますが、平均寿命が短い時代の年齢感で考えると不思議なことではありません。その後、全国さすらい放浪の旅に出て、『野ざらし紀行』や『笈（おい）の小文（こぶみ）』といった紀行文を書きます。

　そして一六八九年（元禄二）、芭蕉四十六歳のときに『おくのほそ道』の旅に出ました。一六八九年三月二十七日に江戸を出発し、百五十日ほどかけて東北や北陸を歩きました。その旅から帰った後、『おくのほそ道』の本文を仕上げます。それから一六九四年五月に江戸を立ち、故郷の伊賀に寄り、大坂まで行く。大坂で病いに伏し、十月十二日に死んでしまいます。客死というんでしょうか。旅に生きた人にふさわしく、旅の途上で亡くなります。亡くなる四日前、十月八日に詠んだ「旅に病で夢は枯野をかけ廻る」が辞世の句となりました。享年五十一の短い生涯でした。

一人で詠んだ連句

『おくのほそ道』は旅の記録です。しかし紀行文というだけではなく、そのなかにたくさんの句が挟み込まれていますから、詩歌の歴史のなかで読まれるべきテクストです。芭蕉は単独で五七五を詠むよりも、連句に命をかけていました。そのように芭蕉自身が語っています。門人や仲間たちと一緒に五七五と七七を次々に詠み合うのが連句の形式ですね。連句こそ芭蕉の本領です。

この観点で見ると、『おくのほそ道』は一人で詠んだ連句という気もしなくもありません。独吟連句に詞書をつけた紀行文ということです。正確に言えば、芭蕉だけでなく、旅に同行した曾良や、各地で出会った人の句も挟み込まれていますから、やはり連句的な風情を漂わせた紀行文と言うべきでしょうか。どっちつかずで読み方が固定されないところが『おくのほそ道』の面白さだと思います。

『おくのほそ道』は現在形の旅の進行に合わせて言葉が綴られていくように見えるので、ドキュメンタリー的な臨場感がありますよね。多少は過去にさかのぼることもありますが、基本的に、今日はどこへ行った、また翌日はどこへ行った、と時間はどんどん前へ続いていく感じがします。けれど実は、芭蕉と曾良は旅のさなかで文章を書いていません。各地で句を詠んではいますが、『おくのほそ道』は旅から帰った後に書き始められました。旅から帰ったのが一六八九年（元禄二）秋、本格的な執筆にかかったのは一六九二年の後半と言われていますから、三年余り前の記憶を蘇らせながら書いていった文章だということですね。一六九三年（元禄六）末か翌九四年の春頃には一応の完成稿が成ったようです。

日本文学には紀貫之『土左日記』をはじめとする紀行文の伝統があります。そういったものと『おくのほそ道』が違うのは、創作として書き下ろされたということです。伝統的な紀行文は、道中で起きた事実や各地の印象が日を追って記述されたものですが、『おくのほそ道』は旅が終わった後に、その旅を再構成するように創作されました。

ですから、そこにいる旅人の姿が違いますね。日常的な事実を忠実に描写するというよりも、各地の歌枕を訪ねて風雅の世界に遊ぶ旅人がいます。プラトン的に言うと、風雅の「イデア」を体現する旅人という存在の理想像をつくりあげた。それが芭蕉です。

人工的な構築物

芭蕉が美学の基本概念として提示した「不易流行(ふえきりゅうこう)」という言葉があります。不易とは変わらないこと、流行とは移ろい去っていくもの。この相反する両方を兼ね備えて俳句は成立するというのが芭蕉の考えです。

後で触れますが、『おくのほそ道』の平泉(ひらいずみ)のくだりなどにその考えは顕著です。かつて栄華を極めた者たちもやがて儚(はかな)く消え去ってしまう。万物流転の脆(もろ)さ儚さをしみじみと嘆きつつ、そこに永遠の美、詩、歌への憧憬を滲(にじ)ませる。そういった技術に長(た)けた芭蕉は、不易と流行を一身に体現する存在として、つまり理想的な旅人像として、「私」というものをつくりあげていった。このように人工的に構築された書物が『おくのほそ道』です。

あらためて何度も読み返していくうちに、『おくのほそ道』ははっきりした構造がある文章だと思うようになりました。というのは、前半と後半とでトーンが違うんですね。前半は、前途三千里という言い方をしているとおり、長い旅に出る自分ははたして生きて帰れるものかというような、心細さや不安や恐れのトーンが強い。折り返して後半になると、やや気楽になり、人と人との出会いが明るい情景として描かれる。最終地点の大垣(おおがき)に着いたときには、ハッピーエンド的なカタルシスまである。この推移は旅の自然な心理かもしれませんが、意識的につくられたトーンの変遷だと思うのです。

では、前半と後半はどこで分かれるのでしょうか。『おくのほそ道』というテクストの折り返し地点を探ります。『おくのほそ道』のルートを確かめると、江戸を出発して東北のほうに向かい、石巻（いしのまき）で太平洋側から日本海側へぐるっと回り、日本海沿岸を能登（のと）半島を経て岐阜の大垣まで来ます。

芭蕉が歩いた北限は、秋田県の象潟（きさかた）です。かつて景勝地として名高かった場所で、象潟は歌枕でもある。海が陸に入り込んでできた内海のようなところに、ぽかりぽかりと島が浮かび、松が美しい枝ぶりを見せる。水と陸と植物が調和した風景で有名でした。『おくのほそ道』だけでなく、芭蕉が生涯でもっとも北まで行ったのが象潟でした。北限の象潟が折り返し地点かというと、たしかに地理的にはそうです。でも私は平泉が『おくのほそ道』の折り返しではないかという気がいたします。何度も読み返しているうちに、平泉でギアが切り替わっているのを感じました。

『おくのおそ道』はとりたてて目的地がある旅ではありませんけれども、旅の出発に際して芭蕉は何とか松島を見たいものだと言っています。「東の松島、西の象潟」と並び称されてきたとおり、松島もまた大変な景勝地です。前半の松島と後半の象潟が、平泉を中心にして対称形に配置されているのではないか。江戸より松島に至り着いて、その見事な眺めを嘆称し、しみじみと美を愛でる。松島を出て、平泉に行く。平泉で折り返して、象潟に来る。ここで象潟はいわば裏松島となり、松島と象潟が対称形を描く。これが『おくのほそ道』の構造ではないかと思います。

松島と象潟、それぞれの描き方を比べると面白いです。ここからは具体的にテクストに沿ってお話ししていきましょう。

永遠と一瞬

『おくのほそ道』の書き出しはひじょうに有名で、古文の受験問題でもよく出題されますね。冒頭をどう訳すのか。ここをうまく切り抜けないとたちまち読んでいただけなくなるかもしれないので、訳文を何度も何度も書き直しました。

月日(つきひ)は百代(はくたい)の過客(くわかく)にして、行(ゆき)かふ年も又(また)旅人也(なり)。舟の上に生涯をうかべ、馬(むま)の口とらへて老(おい)をむかふるものは、日ゝ(ひび)旅にして旅を栖(すみか)とす。古人(こじん)も多く旅に死せるあり。

(『新編日本古典文学全集71　松尾芭蕉集2』小学館※以下、原文)

月と日は永遠に歩みつづける旅の客であり、来ては去り迎えてはまた送る年々も、そのひとりびとりが旅人なのだ。櫓を漕ぎ水のうえに生涯を浮かべる船頭、馬のくつわをとって街道で老いてゆく馬子は、日々が旅であり旅そのものをおのれのすみかとしている。風狂の先人たちのなかには、旅の途上に客死した者も多い。

（『おくのほそ道』松浦寿輝訳『池澤夏樹＝個人編集　日本文学全集12』※以下、松浦訳）

「百代」は永遠の長さをあらわす言葉です。「過客」は行き過ぎていく旅の客という意味で、つまり旅人ですね。そのまま訳してみるとこうです。――月と日が旅人であり、年もまた旅人である。――さて、これでは同語反復で言葉がだぶってしまうし、かといって過客は現在使われることのない言葉です。これはどうしたものか。このあたりから現代語をつくる悩みが始まりました。

「過客」を「旅の客」として、「旅の客」と「旅人」とを区別してみる。一見すると旅人が同語反復しているんですけれども、よく読むとそうではありません。「行かふ年も又旅人也」には行ったり来たりというニュアンスが込められています。たとえば旅籠を想像してみるといいですね。そこに到着したり、そこからまた出て行ったりする。そういうふうに年月というのも、古いものが去ってはまた新しいものを迎える。行き来するニュアンスを込めて現代語訳は「来ては去り迎えてはまた送る年々」としました。「来ては去り」の主語は「年」、「迎えてはまた送る」のほうは、年という旅人を迎え送りする人間の視点と考えました。

アンダンテ

これまで『おくのほそ道』の現代語訳はたくさん試みられていて、私の訳はそれらとの違いを出してみたいと奮闘しました。私がもっとも留意したのは、言葉の流れの速度です。『おくのほそ道』は、掛詞（かけことば）のように一つの言葉のなかに多義的なニュアンスが込められていたり、中国の漢詩や日本の詩歌のレファレンスがあったりと、複雑なテクストです。ニュアンスのすべてを嚙み砕いて組み込んでしまうという方法もありますけれども、そうすると訳文は膨れ上がり、くだくだしく流れが滞留してしまいます。古文の受験参考書などではこの方針が採られており、たしかに原文の理解は深まりますけれども、しかし文章を味わいながら愉しむには不向きです。

かといって、重層的に畳み込まれた意味の筋を一つに絞り、他を切り捨て、さっぱり、きっぱり、あっさりした現代文にしてしまうと、芭蕉が込めた風雅な趣きが薄れてしまいます。

たとえば山本健吉訳はこの方針を採っていて、それなりに見事なものですが、私にはやはりちょっと物足りない感じがありました。

そこで、両者の中間を採りたいと考えました。『おくのほそ道』は芭蕉が歩いてまわった旅の記録ですから、遅すぎず速すぎず、「ほそ道」をゆっくり歩く速度に同期する。そんな「アンダンテ」の速度の訳文を目指しました。うまくいったかどうか、皆さんの目で耳で確かめてみてください。

歌枕／記憶が充塡された風景

先ほどご紹介した『おくのほそ道』の冒頭部の最後が、「古人も多く旅に死せるあり」でしたね。古人に言及されています。端的に言うと、『おくのほそ道』は歌枕を訪ねる旅です。かつての『古今集』『新古今集』などに詠まれた歌枕の地を実地に辿ってみようという旅だったわけです。

歌枕を辿る旅は、現在のその風景を楽しむということもありますが、その風景は単に即物的に存在しているのではなく、詩歌の記憶が充塡されている風景でもあります。こういった旅の指針が「古人も多く旅に死せるあり」という一行で示されています。

古人のなかでいちばん重要に扱われているのが西行です。尊敬する西行の歌を愛唱し、西行と同じ風景を眺めてその歌心を追体験してみたい。そういう意図で旅に出るのだと冒頭で宣言しているのです。

先ほどの続きをご紹介します。

予もいづれの年よりか、片雲の風にさそはれて、漂泊のおもひやまず、海浜にさすらへて、去年の秋江上の破屋に蜘の古巣をはらひて、やゝ年も暮、春立る霞の空に、白川の関こえむと、そゞろがみの物につきてこゝろをくるはせ、道祖神のまねきにあひて、取もの手につかず。もゝ引の破をつゞり、笠の緒付かへて、三里に灸すゆるより、松嶋の月先心にかゝりて、住る方は人に譲りて、杉風が別墅に移るに、

　草の戸も住替る代ぞ雛の家

面八句を庵の柱に懸置。（原文）

わたしもまたいつのころからか、風に吹きちぎられるひとひらの雲にいざなわれ、漂泊の思いがやまず、海辺の土地をさすらい、去年の秋、隅田川のほとりのあばら家に戻って蜘蛛の古巣をはらい、やがて年も暮れていったのだが、新年を迎え、春霞の立ちこ

める空を眺めるうちに、この空の下、陸奥への入り口をなす白河の関を越えてみたいと、そぞろ神に乗り移られたように心がみだれ、また道祖神もしきりに招いているように思われてならず、何をしようとしても上の空で手につかなくなってしまった。股引のやぶれを繕い、笠のひもをつけかえ、三里に灸をすえて旅支度にとりかかると、心にかかるのはもうひたすら松島の月のことばかり。この家に帰ることももうあるまいと、これまで住んでいた芭蕉庵は人にゆずり、杉風の別宅に引っ越したが、その際、

草の戸も住替る代ぞ雛の家

（このわびしい草庵も、あるじが代替わりすれば、これまでの世捨て人の殺風景な暮らしとは一変し、雛祭りには雛人形を飾るようなにぎやかな家となることだろう）

と詠み、この句を立句として百韻連句のうちの面八句をつくり、草庵の柱にかけておいた。

（松浦訳）

主語と述語で完結するセンテンスという意識があまりない文章ですから、句点が少なく、

読点で続いていきます。

「松嶋の月先心にかゝりて」とありましたね。松島が芭蕉の心にかかっていた最初の目的地だということ、そして古人の跡を訪ねて出発する旅なのだということ。この旅にかける芭蕉の思いが最初の節から語られています。

『おくのほそ道』は忠実な現実の記録ではなく、推敲をくりかえしてつくり上げられたテクストです。旅への思いに向けて読者の心を誘導する仕掛けが十分にこらされた、大変見事な書き出しだと思います。

弥生も末の七日、明ぼのゝ空朧々として、月ハ有あけにてひかりおさまれる物から、冨士の峯幽に見えて、上野・谷中の花の梢、又いつかはと心ぼそし。むつましきかぎりは宵よりつどひて、舟に乗りて送る。千じゆと云所にて船をあがれば、前途三千里のおもひ胸にふさがりて、幻のちまたに離別の泪をそゝぐ。

行春や鳥啼魚の目ハ泪　（原文）

三月も終りかけた二十七日（陽暦五月十六日）、あけぼのの空はおぼろにかすみ、有明の月が懸かって穏やかにしずまった光がみなぎるなか、富士の峰がかすかに遠望される。上野や谷中の花のこずえをまたいつの日に見ることもあろうかと思えば、心細さもつのる。親しい人々は前の晩から集まり、一緒に舟に乗って、旅立つわたしを送ってくれた。千住（せんじゅ）というところで舟を下りると、前途三千里のはるかな思いに胸がいっぱいになり、夢まぼろしともつかぬこの世のちまたに、離別の涙をそそぐ。

行春や鳥啼魚の目は泪

（逝（い）く春を惜しむ愁（うれ）いの情は、鳥や魚にさえあると見え、鳥は悲しげに鳴き、魚の目には涙が浮かんでいる）

（松浦訳）

「心ぼそし」という言葉がここで出てきますね。先ほど申しましたとおり、旅の出発に際して、心細さが募る様子をよくあらわしています。

こうしていざ出発しましたけれども、深川の芭蕉庵を人に譲って杉風の別宅に移り、そして船で千住に着いたとありましたね。ここから『おくのほそ道』の出発点は深川か千住かと、ご当地の方々の間でちょっとした「芭蕉の取り合い」が起こっているとも聞きました。面白いですね。

続く草加（そうか）の章は、まだ旅が始まったばかりで暗い気持ちが縷々（るる）語られています。旅の荷物が重くてたまらず、かといって人々がくれた餞別の品などは捨てるわけにいかず、痩せた肩に荷の重さがのしかかる。不平不満をちらっと漏らしたりしながら、ここからだんだん旅のリズムをつかみ、心も明るくなっていく様子が追えます。

松島

抑事ふりにたれど、松嶋ハ扶桑第一の好風にして、をよそ洞庭・西湖を恥ず。東南より海を入て、江の中三里、浙江の潮をたゝふ。嶋〳〵の数を盡して、欹ものは天を指、ふすものハ波に匍匐。あるハ二重にかさなり、三重に畳て、左りにわかれ、右につらなる。負ルあり、抱ルあり、児孫愛すがごとし。松のみどりこまやかに、枝葉汐風に吹たはめて、屈曲をのづからためたるがごとし。其気色窅然として美人の顔を粧ふ。千早振神の昔、大山ずみのなせるわざにや。造化の天工、いづれの人か筆をふるひ、詞を盡さむ。（原文）

さて、すでに言いふるされたことではあるが、松島はわが国随一の美景であり、およそ中国の洞庭湖や西湖にくらべても恥じるものではない。東南の方角から海が陸に入りこみ、その入り江の内側は三里あって、あの浙江（中国浙江省の銭塘江）のように豊かな潮をたたえている。数かぎりない島々が点在し、高くそびえた島は天を指さし、低く伏した島は波のうえに腹這いになっている。二重に重なったり、三重に積み重なったりして、左の島から離れたかと思うと、それが右の島につらなっていたりする。島が島を背負い、また抱き、まるで子や孫が仲良く遊んでいるかのようだ。松の緑が濃く、枝葉は潮風に吹きたわみ、その屈曲は自然に生じたものなのに、ことさらに曲げ整えてつくったような佳い形である。まことに惚れ惚れするような景色であり、美女がその美顔にさらに化粧をほどこしたような趣きだ。神代の昔、大山祇の神が行なったわざなのであろうか。大自然をつくりだした天のはたらきのこの見事さは、いかに絵筆をふるって描き出そうとしても、いかに言葉を尽くして詩文に表現しようとしても、とうていできるものではない。

（松浦訳）

松島の月をなんとか見たいものだとひとりごちながら出発した旅ですが、とうとう松島まで辿り着くことができました。松島の美景を語るのに中国の景勝が引き合いに出されています。芭蕉は中国に行ったわけではありませんけれども、しかし古来日本は文化にしても宗教にしても、大陸中国の影響を深く受けてきました。ですから芭蕉の心には常に中国があって、松島を見ても洞庭湖や西湖に劣らないという感想がまず出てくるのが面白いですね。

　そこから船に乗ってだんだんと視点を移動させ、島の景色がどのように移って見えるのかが語られていて、これは大変に見事です。またその惚れ惚れするような景色を美女に喩え、最後にはいかに言葉を尽くして散文で表現しようとしてもできるものではないと讃嘆しています。

　これはリアリズム描写ではありませんね。『おくのほそ道』が人工的につくられた美文であるということがよくわかる一節だと思います。

平泉

　松島をようやく通過して、雄島（おじま）が磯（いそ）、瑞巌寺（ずいがんじ）、石巻を経て、平泉へと移ります。現在の岩手県ですね。ここでは万物流転の儚さがとりわけ色濃く滲んだ記述になっています。平泉の章に登場する三つの句を読んでみましょう。

　夏艸（なつくさ）や兵共（つはものども）が夢の跡

　（かつてこの地で義経の一党や藤原氏の一族が繰り広げた激戦の記憶も、夢まぼろ

しのごとく消え失せ、今やただ、夏草の生い茂る野が広がっているばかりだ）

卯花に兼房みゆる白毛かな　曾良

（この廃墟に咲く真っ白な卯の花を見るにつけ、義経とともに戦って死んだ白髪の老雄、十郎権頭兼房の悲痛な運命が偲ばれてならない）

五月雨の降残してや光堂

（毎年降り注いで地にあるすべてを腐らせてゆく五月雨だが、あたかも燦然と輝く金色の光に弾かれるように、光堂にだけは影響を及ぼせないままだ）

（松浦訳）

永遠の流転と人の世の儚さ、二つの矛盾する概念が止揚され、永遠なる美が見出される。これが芭蕉の考えた旅人の理想像だと先ほど申しましたが、平泉の章がもっとも象徴的だと思います。

光堂の句も大変面白いですね。「降残す」なんて言葉遣いは芭蕉の発明ではないでしょうか。それまでの古典に出てこない気がします。光堂というのは鞘堂や覆堂とも言って、史跡を風雨から守るために、それらを覆うようにして重ねられた建築物です。そんなふうに大事に大事に保存されている光堂、その光は五月雨にも侵されずに残っている。いわゆる永遠の相だと思います。

先ほど、『おくのほそ道』の前半と後半を分ける折り返し点は平泉ではないかと申しましたが、「夏艸や兵共が夢の跡」と「五月雨の降残してや光堂」、この二つの句が一緒におさめられていることにも着目したいです。人の世の儚さと永遠に残る美の気高さが「平泉」の章に同時に存在しているんですね。芭蕉の哲学が凝縮された重要な章だと思います。

象潟　明と暗

平泉を出て、尿前の関、尾花沢、立石寺、大石田、最上川、羽黒山、月山を経て、象潟に移ります。日本海側に出ました。象潟の章は松島より長く書いてあり、句も五つ詠み込まれています。むしろ松島より力を入れて風景の見事さが書かれているとも思うのですが、興味深いのは松島との比較です。

江の縦横一里ばかり、俤松嶋にかよひて、又異なり。松しまはわらふがごとく、象潟はうらむがごとし。さびしさにかなしびをくはえて、地勢魂をなやますに似たり。

（原文）

入り江の広さは縦横それぞれ一里ばかり、そのおもかげは松島にかようところがあり、また相違するところもある。松島は笑うがごとく、象潟は憂えるがごとしとでも言おうか。寂しさに悲しみを加えて、この象潟の地の表情には魂を悩ませるような気配がある。

（松浦訳）

やはり松島と象潟は対称形をなしているのではないかと思います。この頃はあまり使われませんが、表日本・裏日本という言葉があって、日本海側は暗い風景だという通念がなんとなくあります。ここでもそれが踏襲されており、松島は笑い、象潟は憂い、明るさと暗さの対比として書かれていますね。その憂いの表情を芭蕉は讃えています。

先ほど松島が女性の比喩で語られていましたけれども、象潟にこのような句があります。

象潟や雨に西施がねぶの花

（雨にけぶる象潟は、濡れそぼった合歓の花を思わせ、そこからはまた、あの春秋

時代の越の美女西施が憂わしげに目をつむったさまも想像される）　　（松浦訳）

女性的なイメージを踏襲するという意味でも「松島」と「象潟」は対置されていますね。

市振

象潟を出て、越後路、そして市振に来ます。これは『おくのほそ道』のエピソードとして有名ですけれども、芭蕉と曾良が遊女二人と同宿することになります。市振の場面は短いですが、短編小説みたいな趣きがあるんです。

　今日は、親しらず子しらず、犬もどり、駒返しといった北国いちばんの難所を越え、疲れたので、枕を引き寄せ早くから床に入っていると、襖一枚へだてた表側の部屋に、若い女ふたりばかりの声が聞こえる。年の寄った男の声も混じって、話をしているのを聞いていると、越後国の新潟というところの遊女であった。伊勢神宮に参拝するということで、この関まで男が送ってきたのだが、明日はその男が別れて故郷へ帰るので、男に持たせてやる手紙をしたため、ちょっとした言づてなどをしているところだった。

「『白浪のよするなぎさに世をすぐすあまの子なれば宿もさだめず』と古歌にある、ところ定めぬ漁師のような浅ましい境遇に身を落とし、夜ごとに違う客と枕の契りをかわして、こんな日々をおくることになろうとは、前世でのどんな悪い所業の因縁がたたっているのでしょうね」などと嘆いているのを、聞くともなしに聞きながら寝入ってしまった。翌朝、出立しようとしているわたしたちに向かって、その女たちが、「道筋もわからないこれからの旅のゆくえを思うと、気が重くてやりきれず、不安と悲しみで胸ふたがるようでございます。遠くから見え隠れにでも結構ですので、あなたがたのお跡について参ろうと存じます。僧衣をお召しのお坊さまのお情けで、どうかわたくしどもにも仏さまのお慈悲をお分かちになり、仏道に入る縁を結ばせてくださいませ」と言って涙を流す。不憫なことよと思いはしたが、「わたしたちはところどころで長逗留することが多いのです。ただ人々が歩いてゆくとおり、そのあとについてお行きなさい。伊勢に祀られた天照大神のご加護を受け、きっとご無事に旅を終えられることでしょう」とそっけなく言い捨てて、宿を出てきてしまった。可哀そうなことをしたという思いが、その後しばらく収まらなかった。

（松浦訳）

遊女の身の上になってしまった女たちが、伊勢に行って自分の罪から救われようとしている。その女たちの気持ちの延長線上に、僧形の姿をした芭蕉と曾良が現れる。しかし芭蕉は女たちの頼みを断って、後から後から不憫な気持ちが募ってくる。そして句を詠みます。

一家に遊女も寐たり萩と月

(僧形の風狂人と遊び女とが同じ宿に泊まるという、不思議な巡り合わせになるのも旅の一興か。夜半、ふと外を見ると、静かな月の光を浴びて紅紫色の萩の花が咲いている)
(松浦訳)

「一家」というのは一軒家ではなく、同じ一つの宿という意味です。

「萩と月」は、若く美しい女を萩の花に喩え、そして僧形の身なりをした俳諧師である自分たちを月に喩えた。その対比だという解説がよくなされます。私はそれは深読みじゃないかなという気がします。自分を月に喩えるというような傲慢は芭蕉にはそぐわしくないでしょう、単に萩の花が美しく咲いていていて、空を見上げると月が煌々と輝いていた、そういう情景でいいのではないでしょうか。

「市振」は詩や俳諧というよりは短編小説みたいな挿話で、一種のロマネスク的な趣向が凝らされています。これこそが『おくのほそ道』の魅力ではないかと思います。テクストが一様でなく、いろいろな文体と趣向が混淆しています。複雑に錯綜しているテクストに身をまかせる快感があるんですね。

このあたりはもう折り返し地点を過ぎて、旅の終着点に向かって少し心が軽くなって、それぞれの土地でさまざまな人との出会いがあります。全昌寺に泊まる直前に曾良が体調を悪くして旅から離れるんですけれども、しかしすぐに敦賀で弟子の露通が出迎えてくれる。そういう離散集合もあって、なんとなく心が浮き立つような感じがあります。

大垣

旅のしめくくり、『おくのほそ道』の終着点は「大垣」です。現在の岐阜県ですね。

露通もこのみなと迄出むかひて、ミの、国へと伴ふ。駒にたすけられて大垣の庄に入ば、曾良も伊勢より来り合、越人も馬をとばせて、女行が家に入集る。前川子・荊口父子、其外したしき人〻日夜とぶらひて、蘇生のものにあふがごとく、且よろこび、且いたハる。旅のものうさも、いまだやまざるに、長月六日になれば、伊勢の迁宮おがまんと、又ふねに乗て、

蛤のふたみに別行秋ぞ　（原文）

露通も敦賀の港まで出迎えに来てくれ、連れ立って美濃国へ向かった。馬に乗せてもらい、大垣の町に入ると、折りから曾良も伊勢から来て合流し、越人も馬を急がせて駆けつけ、一同は如行の家に集まった。前川子、荊口父子、その他親しい人々が、昼も夜も訪ねてきて、てっきり死んだはずと思っていたら生き返ってきた者に会うように、わたしの無事を喜んだり、旅の労をねぎらってくれたりする。ここまでの長旅の物憂さもまだ晴れていないのに、九月六日（陽暦十月十八日）になったので、十日の伊勢の遷宮式を拝観しようと、また舟に乗って出立する。（松浦訳）

生きて帰れるだろうかと心細く出発した旅が、最終的にはハッピーエンドに至り着く。「九月六日（陽暦十月十八日）」とあるので、出発から五カ月ほどかけて大垣に辿り着いたわけですね。伊勢まで行くつもりだということでまだ旅は続くんですけれども、『おくのほそ道』というテクストはこれが終着点ということになります。

蛤のふたみに別行秋ぞ

（これから伊勢の二見ヶ浦へ赴こうとしているわたしは、離れがたい蛤の蓋と身が別れるように、親しい人々とまた離れ離れになってゆく。ものみな枯れてゆく晩秋の寂寥感のなか、離別の辛さがひとしお身にしみる）
（松浦訳）

最後に詠まれた句です。「行秋ぞ」は、「別れ行く」と「行く秋」を掛けています。秋が去っていくというのと私たちが別れゆくというのを掛けているんですね。『おくのほそ道』は「平泉」を中心に左右対称の構図をもっていると申しましたけれども、旅の終わりが「行く秋」ならば、旅の始まりには「行く春」がありました。「一、出立」からです。

行春や鳥啼魚の目は泪

（逝く春を惜しむ愁いの情は、鳥や魚にさえあると見え、鳥は悲しげに鳴き、魚の目には涙が浮かんでいる）
（松浦訳）

明確な対称構造は最後まで徹底されています。

言語と現実との照応関係

では、『おくのほそ道』は日本の詩歌にとって、さらに文学にとって、どういう意義があるでしょうか。おおよそ三つほどにまとめられるんじゃないでしょうか。

まず一つは、言語と現実との照応関係です。くり返しになりますが、『おくのほそ道』は芭蕉が歌枕を訪ねた旅です。芭蕉は未知の風景に出会って感動しているのではなく、彼の文学的記憶のなかにある風景や旅情を現地に足を運んで確かめたわけですね。言葉の世界と現実の世界が照応しているということを再び確認しているテクストです。それによって、言語と現実との双方から息を吹き返すのです。

ある風景や地名がいかに古い歌に詠み込まれても、時間がたつにつれてそれは文学的でしかない記憶になってしまい、言葉として読まれ、言葉として消費されていく。いま現実にある土地と断ち切れていくんですね。既に芭蕉の時代に『古今和歌集』や『新古今和歌集』がそういう詩歌になっていました。しかし芭蕉に旅され詠まれることで、その土地には文学的な記憶が再充塡されました。実は誰でも今現在を旅すればかつての歌枕に立ち会える。そしてその土地に文学的な価値を新たに吹き込むことができる。その可能性を『おくのほそ道』

というテクストは提唱しているのです。

それとちょうど対照的に、芭蕉の訪問を受け彼の句に詠まれることで、伝統的な詩歌の言葉のほうにも新鮮なリアリティが再充塡されました。『古今和歌集』や『新古今和歌集』は言葉だけの空疎な歌なんかではなく、いま現実にその土地があり、そこに風景があり、かつて歌われた習俗や生活を人々が営んでいるということ。それをみずから確認して見せてくれたのが芭蕉の旅でした。かつての詩歌は今ひとたび賦活(ふかつ)され、新たな命を得ることができる。いわば文学の伝統の蘇生力について『おくのほそ道』というテクストは語っているのです。

私のイメージでは、『おくのほそ道』は砂時計のくびれです。砂が上から集まって落ちてきて、くびれを通って、下に広がって積まれていきますね。『万葉集』以来の日本の詩歌が『おくのほそ道』に向かって流れ込んでいき、『おくのほそ道』を潜り抜けて、新たに生まれ直して後世へと大きく広がっていく。日本文学史という砂時計のちょうどくびれに位置するのが『おくのほそ道』ではないかと思います。

軽み

『おくのほそ道』の文学史的意義の二つめとして挙げたいのは、軽みです。軽みは芭蕉の詩学や詩法の発展において見出されたものです。先ほども少し触れましたが、芭蕉はもともと貞門派や談林派の気取った言葉遊びのようなものから出発して、しだいに自分の真率な魂の表現を込めようと俳諧を深めていきました。侘、寂、撓、匂付など、詩法について芭蕉が語った言葉を弟子が記録していますが、芭蕉が最後に到達したのが軽みでした。

軽みは難しい概念で、私もうまく捉えきれていないかもしれませんが、端的に言ってしまえば、俗なるものを肯定するということではないかと思います。ここで俗の対義語は雅です。『新古今和歌集』の高雅で幽玄な美学を否定して、率直に俗なるものに寄り従う。『おくのほそ道』でも、西行の仏教的な思想や名勝の美だけを書いているのではなく、市井の人々の暮らしに温かい目を向けて、それを句に取り込んでいます。

蚤虱馬の尿する枕もと

（蚤や虱にたかられたうえ、枕元に馬が小便をする音が伝わってくる、そんな惨め

な宿に泊まることになろうとは）　（松浦訳）

「尿前（しとまえ）の関」にある句です。尿を冠する地名に誘われて詠んだのかもしれませんね。蚤、虱、馬の小便なんかも俳諧の題材になりうるのだ、詩へと昇華されうるのだと、何とも過激なことをここで芭蕉は静かに主張しているのです。この詩法はまさに軽みです。軽みは『おくのほそ道』のあちこちにちりばめられています。

こういった芭蕉の画期的な詩学は正風（蕉風）俳諧と呼ばれ、与謝蕪村（よさぶそん）、小林一茶（こばやしいっさ）といった俳人らに受け継がれていきます。一茶はまさに俗なるものに俳味を見出していこうとした俳人です。近代俳諧は正岡子規（まさおかしき）から始まったとよく言われますが、長谷川櫂さんは小林一茶から始まったと考えるべきだとおっしゃっています。一茶から始まる近代俳諧は、しかしさらに遡って芭蕉によって既にある程度準備されていたと言える。一茶の「瘦蛙（やせがへる）まけるな一茶是（これ）に有（あり）」といった句の源流を、『おくのほそ道』や芭蕉晩年の歌仙に見出すことは難しくありません。また『去来抄（きょらいしょう）』にある有名な言葉ですが、「松のことは松に習え」という芭蕉の考えは、正岡子規が提唱した写生論を先取りしたものだったと言えなくもありません。

テクストの多様性

三つめは、テクストの多様性です。「市振」の遊女たちとの同宿の逸話に触れたときに申しましたように、『おくのほそ道』のテクストは決して均質ではなく多様です。さまざまなものを取り込む異種混淆性があるんです。

松島や象潟の風景を美文風に語ることもできるし、そこに中国や日本の古典の詩歌に盛り込むこともできるし、そうかと思えばすぐ隣りにある庶民の下世話な生活を描写することもできる。何でもぶち込んでいいという、一種の開き直りのようなものを私は感じます。これがとても魅力的だと思うんです。

同じ紀行文で言えば、紀貫之の『土左日記』も仕掛けが凝らされたテクストであり、単調ではないにしても、均質性を旨として書かれていると感じます。それに比べると『おくのほそ道』は、土地を移るにつれて芭蕉の意識がどんどん変わって、高尚なものから下世話なものまで何もかもが盛り込まれていく。多様なテクストが混淆する俳文、紀行文、散文のあり方を示してみせた。それが『おくのほそ道』三つめの意義ではないかと思います。

芭蕉最後の句

『おくのほそ道』を書き上げた芭蕉は最後の旅に出かけ、そして大坂で客死してしまいます。芭蕉が最後に詠んだ句から三つをご紹介します。

此道や行人なしに秋の暮

（『其便』一六九四年〔元禄七〕）

異形の孤景というほかありません。支考の『笈日記』によると、九月二十六日に大坂・新清水の料亭浮瀬で行われた連句の興行で、立句として提示されたのがこの句でした。亡くなったのが十月十二日ですから、つい二週間ほど前に詠まれた句です。通常、連句というのは人と人が寄り合って社交を楽しみながら句を付き合うものです。そんな宴の世界にあって、なぜ芭蕉はこれほど孤独な句を詠んだのだろうと不思議でなりません。このとき芭蕉はすでに病気を患っていましたから、死を覚悟していたのかもしれませんね。

芭蕉は立句として「此道や行人なしに秋の暮」と「人声や此道かへる秋のくれ」の二案を示し、「いずれをか」と言いました。それを受けて、支考が「この道や行ひとなしにと、独歩したる所、誰かその後にしたがひ候半」――独歩する者の後には、必ずそれに続こうとする者が現れるだろう――と言い、前者を勧めたということです。句の善し悪しは別として、人声の懐かしさをきっかけとする「人声や此道かへる秋のくれ」のほうが、通常の立句として考えやすいにもかかわらずです。そこがとても面白い。人がいないという歌にどのような脇句をつければいいのか。とても異例な立句で、その特異性じたいにこの句の興趣があるように思います。

秋深き隣は何をする人ぞ　（『笈日記』一六九四年〔元禄七〕）

秋の深まりの中、つい目と鼻の先に住んでいる隣人のことさえ自分は何も知らないのだと痛感される。句だけを眺めると孤独な句と読めなくもない。けれども、隣人はどんな人なのかなと想像を働かせています。人懐かしさがこもった句とも読めます。どちらとも読めるのがこの句の面白さです。

九月二十八日に詠まれた句で、翌日には連句の興行が控えていました。体調がすぐれず出かけられなかった芭蕉は、人づてにこの句を届けて挨拶に代えたそうです。――自分は出席できないけれども、弟子や知人たちが句会に集まっていることだろう。どうか皆さんで心行くまで楽しんでほしい。自分は皆さんのすぐ近くに寄り添っていますよ。——人懐かしく情のこもった挨拶句なんですね。

旅に病で夢は枯野をかけ廻る　（同右）

十月八日、死の四日前に詠まれた句です。これが辞世の句になったのはあまりにも出来過ぎというか、奇跡的なことだと思います。天才というのは途方もない偶然を意図せずに身に引き寄せてしまい、それを必然へと変えてしまう人のことなのかもしれません。

もちろん芭蕉はこの句を辞世にするつもりはなく、体調が持ち直せばまだまだ詠みつづけたに違いありません。しかし振り返れば、この句はまさに芭蕉の最後にふさわしい。旅に生きつづけた芭蕉が、最後は旅に病み、そして夢が枯野を駆け巡っている。寂しい光景ですけれども、かつて旅をしてきた枯野を回想しているとも、死を見据えて自分の前に広がっている枯野に夢を巡らせているとも、どちらとも読めます。この素晴らしい句を辞世として、芭蕉は亡くなってしまいました。

松尾芭蕉の句はおよそ千句あります。本当に彼が詠んだものなのかどうか検証が必要な句を合わせると千数十句ほどです。『池澤夏樹＝個人編集　日本文学全集12』では、『おくのほそ道』とともに、千句のなかから自分の好きな百句を選んで評釈を加えました。フェイバリットセレクションとしてはちょうどよい数だったかなという気がしています。

質疑応答

【質問1】『おくのほそ道』の跡を訪ねる旅についてお話がありましたが、私も例に漏れず『おくのほそ道』を読んで現地に行きました。松浦さんは実際にその場所を訪ねたりなさいましたか。

私はちょっと出不精なところがありまして、『おくのほそ道』を念頭に旅をしたことはありません。山形や新潟あたりは少し知っているので追体験できそうですが、知らない土地がたくさんあります。行ってみたいとずっと念願しつづけていてまだ実現していないのは象潟です。芭蕉が旅した頃の象潟は、海が陸に入り込んで小島がぷかぷか浮かんでいるという珍しい風景だったわけですけれども、残念なことに二百年ほど前の地震で土地が隆起して今では全体にわたって陸地化してしまったらしい。ただ、それでも趣きのある風景だから行ってみると面白いよと熱心に勧められたことがあります。

【質問2】中学生の娘に「古池や蛙飛(かはづとび)こむ水のおと」の感想文を書くという宿題が出ました。娘のクラスメートにイタリアからの帰国子女がいて、その子はこの句から古代ローマやアラブの遺跡として残る泉を思い浮かべて、真昼の泉にバシャバシャと一匹の蛙が飛びこんでいくというイメージを描いたそうです。僕なんかは静かな池のほとりに蛙が一匹で佇んでいるというイメージでしたので、体験によってこれほど解釈が変わるものかと驚きました。こういった違いについて、松浦さんはどう思いますか。

人間は生まれ育った場所の習慣や教養や記憶に縛られるもので、そういったカルチャーギャップのあるなかで生じる誤解や曲解も、それじたいけっこう面白いと思います。バシャバシャの古池なんてなかなか素敵じゃないですか。

芭蕉は日本文学の犯すべからざる古典名作ということで、研究の蓄積がいっぱいあります。芭蕉が本当はどういうつもりで書いたのかとか、正しい読み方はどうなのかとか、専門家どうしで侃々諤々(かんかんがくがく)の議論が起こるんですけれども、そういうのもちょっと窮屈で、少し虚しいと感じてしまいます。私は最初に申し上げたようにアマチュアですから、あまり正解というものにこだわらず、誤った答えもそれなりに面白ければいいじゃないかと思ってます。

【質問3】松浦さんはフランス文学を研究されていますが、芭蕉がフランス文学にあたえた影響はありますか。

いま日本文化というとアニメと漫画と言われますけれども、日本の俳句はＨＡＩＫＵとして世界中に広まっています。フランスでは翻訳もありますし、ＨＡＩＫＵをつくるのだと称して短い三行詩を書いているフランスの詩人もいます。構造主義の思想家であるロラン・バルトも晩年に俳句にとても興味をもっていました。西洋の構築的な詩や小説とは違って、たった十七字で世界を切り取るという、いわば瞬間の美学というものに惹かれるんでしょう。そこにもいろんな誤解が入ってきているとは思うのですが、文化的な誤解も生産的な意味をもちうることがありますからね。

「古池や蛙飛こむ水のおと」なんかはわりと訳しやすいと思いますけれども、「蚤虱馬の尿する枕もと」は英語やフランス語にそのまま訳してどれほど面白いか、難しいところですが、そういう困難はありながらも俳句は国境を越えつつあり、それは本当に素晴らしいことだと思います。

与謝蕪村

郷愁（サウダーデ）の詩人

辻原登

［与謝蕪村］

一七一六〜一七八三。摂津国毛馬村（現・大阪府）生まれ。江戸時代中期の俳人。別号は夜半亭など。早野巴人に俳諧を学ぶ。三十歳の時に、俳体詩「北寿老仙をいたむ」を詠む。その後京に上り、絵画修業に励み、上田秋成らと親交を結ぶ。五十五歳で俳諧宗匠。蕉風の再建を志し、さらに浪漫的な俳風を形づくった。また、池大雅と「十便十宜図」を合作するなど、文人画を大成。おもな編著に『新花摘』『夜半楽』『此ほとり』、絵画に「夜色楼台雪万家図」など。

モダニスト与謝蕪村

私はどこかあまのじゃくなところがありまして、普段から、小説は漱石嫌いの鷗外好き、俳諧は芭蕉（ばしょう）嫌いの蕪村（ぶそん）好き、と称しております。でも本当はそんなの嘘っぱちで、松尾芭蕉という先人の功績の上に、与謝蕪村という俳人が育ったんです。ですから一言で芭蕉嫌いなんて片付けてはいけませんね。ちなみに夏目漱石と森鷗外の場合は、鷗外のほうが先輩です。

与謝蕪村は一七一六年（享保元（きょうほう））から一七八三年（天明三）を生きた、江戸時代中期の俳人であり画家です。後年、明治初期になってから、近代の新しい詩観から蕪村をめざましく再評価したのが正岡子規（まさおかしき）でした。子規は写生句をはじめ、俳句の鑑賞世界に近代のリアリズム的な視点を導入し、そこで蕪村句のすばらしさに突き当たりました。子規ははっきりと芭蕉派でなく蕪村派。私もそれに連なります。

さらに後年の大正期、近代ヨーロッパの詩を通過した日本の詩人が、また新たに蕪村句を発見しました。その代表者が萩原朔太郎（はぎわらさくたろう）です。朔太郎は『郷愁の詩人　与謝蕪村』という本を書いています。

正岡子規による蕪村句の評価、萩原朔太郎の郷愁／ノスタルジーの視点で読み解く蕪村の詩世界、これらを読むことで私もモダニスト与謝蕪村という読み方が可能になりました。最近では、ブソニストと称される芳賀徹(はがとおる)さんが『与謝蕪村の小さな世界』という本を出されました。『池澤夏樹＝個人編集　日本文学全集12』におさめられた私の蕪村論は、彼らの読みの上に成り立っています。

梅、「むめ」か「うめ」か

私は蕪村の「巻」を編むに当たって、春に始まり、春に終わる、円環を閉じる構成にしました。春から夏、秋、冬、そしてまた春へと縒(よ)り合わせて結ぶ。それを「夜半亭饗宴(やはんていシムポシオン)」と名づけました。

蕪村は春の詩人です。夏、秋、冬もすばらしいですが、蕪村句は春が圧倒的に色っぽい。

梅咲(さき)ぬどれがむめやらうめじややら　（『句集』一七七六年〔安永五〕）

「梅」は「むめ」とも「うめ」とも読みます。中国より日本に伝わった漢語は呉音系の字音で、その発音が現在の我々にも定着しています。呉音系で「梅」はmmeと発音するので、「うめ」とも「むめ」とも表記された例も多いです(『古典基礎語辞典』)。ローマ字表記ではumëです。今では呉音系に加わり、音読みで「ばい」とも読みますね。ちなみに、北京語では「めい」と読みます。

「むめ」か「うめ」か。仮名遣いをめぐって、一七七六年(安永五)一月に本居宣長が『字音仮字用格』を出版しました。これに対して上田秋成が反駁する論争がありました。本居宣長は原理原則に厳しい学者流の人で、彼の言い分を上田秋成は「梅」なら「むめ」でも「うめ」でもいいじゃないかとからかったんですね。

蕪村と秋成はひじょうに親しい間柄で、蕪村は京都に住み、秋成は大坂に住み、淀川を上り下りして交流していました。この句が詠まれた年の二月に、秋成は京都に来て蕪村に会っています。おそらく秋成と宣長の論争が話題になったことでしょう。そういう背景から「梅咲ぬどれがむめやらうめじややら」という句が生まれたんですね。

梅を詠む蕪村には別の心もあったようです。梅女という、大坂に住む芸者さんが蕪村の弟子にいました。「蕪村門にあって艶名を流した浪花の妓、梅女に寄せた座興句であろう」と安東次男が『与謝蕪村』に書いています。そう思って見ると、句中に散らした「ぬ」「む」

「め」「う」「や」の字は、まるで「梅」の花びらのようではありませんか。

しら梅に明る夜ばかりとなりにけり
（『から檜葉』一七八三年（天明三））

これは蕪村が亡くなる寸前に詠んだ三つの句、絶筆三句の一つです。一七八三年（天明三）十二月二十五日未明、蕪村は帰らぬ客となりました。享年六十八です。蕪村の弟子である高井几董の「夜半翁終焉記」（『から檜葉　上』）によれば、蕪村はこの句を弟子に書かせ、そのまま眠るように亡くなっていったそうです。

咲きそめた白梅の白に、白みそめた夜明けの白。白地に白糸の刺繡のレース。眠れる如く臨終正念とある。末期の息がそのレースを微かにふるわせる。そのような光景が目に浮かびます。

この句から、歌人の河野裕子は次の歌を詠みました。

もう少しこの梅林を歩みゆかむ光にしづむあの一樹まで
『蟬声』（青磁社　二〇一一年（平成二十三））

一樹とは一本の梅の木のことです。もう少しこの林を歩いていこう、光の中に消えようとしているあの一本の梅の木まで。がんで闘病されていた河野さんが、人生の最後に置いた歌です。その脳裏には蕪村の臨終の句があったことと思います。

梅といえばもう一つ。『日本文学全集12』が出版されてまもなく、吉増剛造さんから私に一冊の雑誌が届きました。『ふらんす堂通信』、その中に吉増さんの連載「蕪村心読」がありました。

新刊ノ『日本文学全集12』（河出書房新社二〇一六年六月三日刊）ノ蕪村のページ、……（「夜半亭饗宴」一九四頁〜一九六頁）伽匂ひたつ伽ごとし、……。辻原氏ハ（「梅咲ぬどれがむめやらうめじややら」の蕪村句を引いて曰ク、……）〝句中に散らした「ぬ」や「も」、「め」「う」「や」の字に注目しよう。まるで「梅」の花びらのようではないか。〟ト。ホーーコレハ、ヱ(絵)ニモナラヌ、ショ(書)デモ、ケシテ、ナイ、（ハダカノ）字たちの立姿への讃嘆だぜ(世)、……。ホーー。さらに氏ハ、……（〝蕪村にこういう句もある〟と、サリゲナク、……だな、このトーンの匂ひ、……によって、蕪村の絶吟「しら梅に明る夜ばかりとなりにけり」ニ匂ひをと、ど、か、せ、手、……）書く。〝それにしてもなぜ「白梅」でなく「しら梅」なのか（波線引用者。）。白とシラ（シロ）は違う。……シラとは何か。沖縄など南島の稲魂・産屋を意味するシラ、アイヌの神シラル・カムイ、ジャワ語の光線を意味するシラ、サモア語では稲妻。エスキモー・シャーマニズムでは〈シラ〉は世界、天候、地上のあらゆる五命を支える大いなる精霊を指すという。大和語（やまとことば）でも同じ……。蕪村が知らぬはずはない。だから使い分けた。〃ト。辻原登氏の目の覚めるような、……コノ匂ひたつ、……というノよりも、匂ひがシ（ン）ラと、ヒラゲラレテユク、ヨ━ナ卓見ニ付け加えることハ、ほとんドナイ。……トすると（東北漂泊の蕪村原体験ノなかデ、……）〃オシラサマ〃を耳ニ入れていたことハホヾ確実だ。もひとつハ、わたくしめノ痛いような改悟ダッタ。長い間（ほヾ四十年も、……）〃しら梅の〃か〃しら梅に〃、固（こ）、駄（だ）、羽（わ）、ッ茶（ちゃ）ッ太（た）、……。

（吉増剛造「蕪村心読（九）」『ふらんす堂通信149』二〇一六年〔平成二十八〕）

声というもの、書くということ、語るということが意識され、平仮名、片仮名、漢字を交えた表記を駆使する、吉増さん独特の節回しで書いておられますね。

「菜の花」の句

菜の花や月は東に日は西に

（『句集』一七七四年〔安永三〕）

有名な句ですね。菜の花の種（菜種）から搾る菜種油は、当時のおもなエネルギー源です。淀川両岸は日本随一の菜種の生産地で、畿内一帯は三月から四月にかけて菜の花で埋め尽くされました。蕪村がこの句を詠んだ二年後の一七七六年四月、長崎から江戸へ向かうオランダ商館長一行の中にスウェーデンからやってきた博物学者ツュンベリーがいて、淀川沿いの田園に広がる菜の花一面の光景に讃嘆の声をあげています。

当時、大坂から江戸へ八万樽以上の油が檜垣廻船で運ばれました。一樽は七二リットルです。「油を売る」という慣用句がありますね。菜種油の行商の最中に台所まで話し込んでしまうことが由来だそうです。古典文学でも、近松門左衛門の『女殺油地獄』は大坂の油商豊島屋を舞台とした男女の愛憎劇で、大量の油がこぼれる中で女の人が殺されます。

菜の花や和泉河内へ小商

燃料である菜種油を、畿内の中でも和泉や河内のほうへ売りに行くわけですね。菜種はもちろん、この油の搾り滓がまた当時の生活に欠かせないもので、干した鰯とともに最も重要な肥料でした。

「菜の花や月は東に日は西に」。あらためて読むと、空間が大きいですね。世界を広角度で捉え、展開しています。東から出る白く大きな月、西に沈みかけた太陽。月から太陽へ、東から西にかけての地球規模の時空がある。しかも、この時空は刻々と動き、変化する。

東の野に陽光の立つ見えて、かへりみすれば、月傾きぬ

柿本人麻呂
（『万葉集』巻一・四八）

東の野原には太陽がさしそめるのが見え、西を振り返ると月が傾いているのが見える。この人麻呂の歌を反転させて、蕪村は「月は東に日は西に」と詠んだのでした。

万葉の息　五七／五七／七

私は歌を読むとき、たとえばこの歌なら、「東の野に陽光の／立つ見えてかへりみすれば／月傾きぬ」というふうに節目を分けて読みます。五七／五七／七です。ところが現代の我々は「東の／野に陽光の立つ見えて／かへりみすれば月傾きぬ」、五／七五／七七で読みますね。万葉時代は五七／五七／七で歌っていました。力強い感じがしませんか。皆さんも

この節回しで声に出して読んでみてください。万葉の息が蘇ってきます。

なぜ「五七／五七／七」から「五／七五／七七」に変化したのでしょうか。時代をくだって成立した俳句の影響です。発句の「五」ではっきりと切るのが俳句ですね。この切り方が、過去の歌の読みにも影響を及ぼしたようです。古代は言霊が信仰されていた時代ですから、歌には息の力が吹き込まれます。一方、俳句は声に出して読むのと目で読むのとが同時に成立している世界です。

芭蕉にしても蕪村にしても、彼らのひとつひとつの俳句の背後には漢詩や漢文学、『万葉集』、『古今集』や『新古今集』が必ず控えています。そのことを念頭に置いて読むと、歌が変わって感じられるかもしれません。

「捷径」「細道」の詩人

これきりに径尽たり芹の中

（『句集』一七六九年〔明和六〕か）

芹はセリ科の多年草で、春の七草の一つとして知られていますね。田んぼの畦や、小川の川岸の湿地などに自生して、夏には白い小花をつけます。

蕪村は「捷径」「細道」の詩人です。山野に引かれた小道、近道、土手道、市中の路地が、いつのまにか夢想の道筋となって、はるかなつかしい場所へと連れ出してくれる。径の行き止まり、芹の繁茂する中で、芹の香りをかぎながら、我々は名状しがたいなつかしさに包まれます。

「捷径」「細道」がよく表れた蕪村句を読んでみましょう。

茶畠に細道つけて冬籠
細道を埋もやらぬ落葉哉
愁ひつゝ岡にのぼれば花いばら
路絶て香にせまり咲茨かな
花いばら故郷の路に似たる哉
桃源の路次の細さよ冬ごもり

最後に連れてゆかれるのは、

埋火や我かくれ家も雪の中

屋根ひくき宿うれしさよ冬籠

路地、裏道、曲がり道、回り道、蕪村独特の世界があります。

俳句と絵画

橋なくて日くれんとする春の水　　（「自筆句帳」一七七五年（安永四））

陶淵明（とうえんめい）という東晋（とうしん）の詩人がいました。一時、県令（知事）に就任したのですが、たった八十余日で「五斗米のために腰を折らず」（わずかな俸禄（ほうろく）を得るために、人に屈従することをしない）と毅然として隠棲し、農耕にたずさわって生活しました。淵明の『桃花源記并（ならびに）詩』は、戦乱のさなかで描き出されたユートピア小説です。この物語に触発されて、蕪村は「武陵桃源図」や「山水図屏風（びょうぶ）」という絵を描きました。蕪村は俳人であるとともに、江戸時代の最高峰の画家でもあります。

『桃花源記并詩』の物語と、「武陵桃源図」「山水図屏風」の世界を覗いてみましょう。

川の両側に桃の林があり、遠くに桃源郷への入口を隠している岩山があります。川のどこにも橋はありません。川は渡るものではなく、遡るものとしてあるんですね。そうすると、この句にはまた違った味わいが生まれます。春の水は上流はるか、桃源郷を水源として流れてくるのです。「橋なくて」とは、対岸への誘いではなく、水源への誘いなのです。

　しかしまた、春の暮れ、川向こうへ渡ろうとして、橋のないことに気づいた空漠感、徒労、彷徨（ほうこう）感もある。魂だけがさまよい出て、渡ってゆくのかもしれません。

　蕪村には、川渡り、沢渡りの好みがあったようです。どの句を見てもみな、浅い川の流れです。この流れにしばし身をまかせてみましょう。

　夏河を越すうれしさよ手に草履（ぞうり）

　足よはのわたりて濁るはるの水

「足よは」というのは女性の足のことです。彼女の脛（はぎ）の白さが、川面の反射光にきらめいています。

　夕風や水青鷺（あをさぎ）の脛（はぎ）をうつ

女性の脛から青鷺の脛へ、題材が移りました。

秋雨(あきさめ)や水底(みなそこ)の草を踏(ふみ)わたる

脛の感触から、今度は足裏の感触です。

春の水すみれつばなをぬらし行(ゆく)

「捷径」「細道」とともに、蕪村を「浅瀬」「水源」の詩人と言っていいかもしれません。道や水は郷愁／ノスタルジーにつながっています。

サウダーデ

遅き日のつもりて遠きむかし哉(かな)

（「自筆句帳」一七七五年〔安永四〕）

ふとすると逃してしまいそうですが、この句はよく味わってみると深いです。

「遅き日」は春の季語です。これと似た春の季語に、「永き日」「暮れかねる」というのもあります。初夏が近づき、日が徐々に長くなり、暮れが遅くなったと感じる。日が長くなる、と、暮れが遅くなる。科学的には一つの現象ですが、感覚が違いますよね。この句は暮れの遅さにより重きが置かれています。

「遅き日」と「むかし」という時間軸上の言葉が、「つもる（積み重なる）」という形而下の動きによって結ばれ、ひびきあう。現在（遅き日）と過去（むかし）がこの句の中で行き来します。さらに「遠き」という空間辞が挿入されることで、時・空の彼方（かなた）に憧憬の対象をまさぐってゆく。

遠き、遠し、は蕪村独自のサウダーデ・レトリックです。蕪村の句を口ずさむたびに思い出すのが、サウダーデというポルトガル語です。私がこの言葉を知ったのは、マリア・ジョアン・ピリスというポルトガル出身のピアニストがきっかけでした。一九九〇年代後半、日本公演を行った彼女から、ポルトガルにはサウダーデという言葉があると教わりました。

彼女はモーツァルトやハイドンを演奏するとき、サウダーデを追いかけて弾くと語りました。そして、サウダーデ（saudade）は、ノスタルジー（nostalgia）に似ているが違うと言うんです。心象の中に、風景の中に、誰か大切な人が、物がない。いるべき人、あるべき物が、そこにいない。その不在が、淋しさと憧れ、悲しみをかきたてる。同時に、そのこと自体が喜びともなる。そういう感情のあり方をサウダーデと呼ぶ。
蕪村が実現しようとしたのはサウダーデだった。そう私は思うのです。

春風（はるかぜ）や堤（つつみ）長うして家遠し
（「春風馬堤曲（しゅんぷうばていきょく）」）

日が長くなるとはどういうことでしょうか。一日ごとに遅くなる、その日々が積もる、とは読まず、昨日よりほぼ五十秒ずつ遅くなるその差の五十秒が毎日降りつもって、永くなってゆく。晩の一時（いっとき）、その中にこそ「懐旧」が閉じ込められる。蕪村の目はそのように働いています。それが未来へと振り向けられたとき、蕪村の最後の吟が来ます。

しら梅に明（あ）くる夜ばかりとなりにけり
（『から檜葉』一七八三年〔天明三〕）

白々と夜が明ける朝、それは未来に向かっています。やがてここに来る未来、まだ来ていない未来、その不在がノスタルジーを引き起こします。「懐旧」は過去だけでなく、未来にも感じるものなのです。
俳句は、口で歌われるものでなく、目で読む世界です。ですから、どこにどのような漢字を使うかが重要です。先ほども触れましたが、「しら」はもともと白色を意味するものでなく、精霊や光や稲妻、神々のことを表す言葉でした。漢字の「白」はしゃれこうべに由来します。人間が死に、頭が白く骨になってゆく。その形から「白」という漢字が成立しました。今でも中国ではお葬式のことを白事と言います。

凧(いかのぼり)きのふの空の有り所

（「自筆句帳」一七六九年〔明和六〕）

天空に舞う凧(たこ)が詠まれていますね。今日の凧も昨日と同じように上がっている。――通常このように解釈される句です。けれども私の解釈は異なります。たしか空のあのあたりに、昨日凧が上がっていたなあ、と読みたい。いまはない凧、その記憶だけが有るのです。漢字の「有」が、いまここにないという、サウダーデの感覚を強く表しています。「有」がかえって不在を表現するのです。

「きのふ」とは、一日前の「昨日」のことではなく、過去のさまざまな「昨日」です。たくさんの「昨日」が降り積もっているんですね。先ほどの「遅き日」とデュエットのようです。

蕪村の夏

さみだれや大河(たいが)を前に家二軒

(「自筆句帳」一七七七年〔安永六〕)

歌から始まった俳句が、書かれ読まれるものになった。その転換点にあるのがこの句です。ここで何が起きているかというと、漢字の音よみです。「大河」をタイガと漢音よみします。タイガと音で聞いても意味がわかりませんね。漢字で大河と書かれてはじめて意味がわかります。大河は象形(しょうけい)から発した漢字で、増水した大きな、脅威の流れを象形しています。この句では、その大河の前に小さな家が、流されそうな家が二軒あるのです。

上の句を「五月雨や」でなく、平仮名で「さみだれや」としたのには意味があると思います。「さみだれや」という日本語の音が流れてゆくところに、大河という漢字が屹立(きつりつ)するように現れる。この衝撃です。「さみだれや」とは大漢文明を前にした小日本文明の姿といえるでしょう。「家」も「二軒」も象形です。大河を前にして、二軒の小さな家が置かれています。とても絵画的です。

音だけでも楽しい。けれど、こうして見て楽しむのも俳句の妙味です。句のどこにどのような漢字を置くのか。字面で読ませることもできる。画家であった蕪村の絵画的な目が光っています。

優艶の詩人

萩原朔太郎は蕪村に「郷愁の詩人」と当てました。蕪村の詩世界を言い当てて妙です。私はこれに加えて、「優艶の詩人」という言葉を重ねます。

若竹や橋本の遊女ありやなし　（『句集』一七七五年〔安永四〕）

橋本は淀川左岸に位置し、石清水八幡宮や八幡山のある、いまでも江戸時代の町並みを残した土地です。江戸時代、淀川は高速道路のようなもので、日本一の商業都市大坂と日本一のハイテク都市京都を結ぶ大動脈でした。ですからその付近にはさまざまな宿場が栄えて、それぞれに遊郭を抱えました。なかでも橋本は大規模な遊郭都市で、淀川には遊郭船が三千隻ほど浮かんで行き来していたとも言われています。

上野盆地から流れる木津川、琵琶湖から流れる宇治川（瀬田川）、そして加茂川・桂川、この三つの川が合流して淀川になります。この三川の股の部分の左岸が橋本、対岸が水無瀬(みなせ)です。水無瀬といえば、「見渡せばやまもとかすむみな瀬川ゆふべは秋となにおもひけむ」、後鳥羽(ごとば)上皇の句でよく知られていますね。

安東次男はこの句について、淀川は女体のことであり、三川合流地点は女の股にあたる。つまり、これは女性の陰部を詠んだ句だと注釈しています。地形と女体を重ね合わせる。蕪村のことですから、こういった艶っぽい発想をしたとしてもおかしくありません。

谷崎潤一郎の『蘆刈(あしかり)』は、三川合流地点にある中洲の蘆原が舞台です。父親が恋い焦がれた高貴な女性の姿を見る、そんな場所として描いています。「江口や神崎がこの川下のちかいところにあったとすればさだめしちいさな葦分け舟をあやつりながらここらあたりを徘徊した遊女も少くなかったであろう」。蕪村が見ていたものが幻影されています。

「新花摘」母の追善供養

春夏秋冬をめぐる「夜半亭饗宴」、その「夏」と「秋」の間に「新花摘(しんはなつみ)」を入れました。蕪村が亡母追善のために行った一夏千句の夏行(げぎょう)、その俳諧句文集『新花摘』より三十九句を選んで、蕪村の生涯に触れながら、蕪村論の真ん中に来るよう配置しました。

蕪村の前半生、およそ四十歳の頃まではわからない部分が多いです。明確にたどれるのは、享保末年（一七三四、五年）、十九、二十歳の頃、画家をめざして江戸に出た以降です。二十二歳の秋、其角に師事した早野巴人の夜半亭の門に入って、俳諧修行を始めます。俳人と画家としての道をめざすんですね。二十七歳のとき、江戸を去り、夜半亭同門の親友を頼って下総結城へと移ります。そこから十年ほど、結城を中心に画業と俳業の基礎を固めました。この間、関東から奥羽まで修行をかねた放浪の旅をしました。

三十六歳、一七五一年（宝暦元）八月の頃、京都に移ります。三十九歳、宝暦四年に丹後の宮津におもむき、浄土宗見性寺に仮住まいして、画業を主として宝暦七年まで滞在しました。蕪村の描いた絵は見性寺にたくさん残っています。私は丹後が好きでして、先日も旅をしてきました。天橋立のある宮津湾岸一帯を与謝といいます。蕪村の母は与謝に生まれて、少女の頃に旅早乙女として大坂に出てきたという説があります。旅早乙女とは、田植え期に出稼ぎに行く少女のことです。蕪村の母は丹後から大坂近郊の大田園地帯へ出てゆき、出稼ぎ先の男に妊娠させられ、そこでできた子が蕪村だといわれています。蕪村が自らの姓を与謝としたのは、きっと母への思慕からでしょう。

四十二歳、宝暦七年九月、京都に戻ります。四十五歳、宝暦十年頃、ともという女性と結婚します。晩婚ですね。ともは二十歳ほどでした。

五十五歳、一七七〇年（明和七）、夜半亭を継承します。

一七七六年（安永五）、愛するひとり娘のくのが嫁ぎますが、一年足らずで離縁し、蕪村が引き取ります。この頃、娘とともに悲しみ、その行く末を案じた句を詠んでいます。蕪村六十歳にして、病いがちです。

六十二歳、一七七七年二月、蕪村最高傑作と言われる春興帖『夜半楽』を出版。楽中に蕪村の画業・俳業を通じて、もっとも異色にして傑作である「春風馬堤曲」が収められます。同じ年の四月――しかしこれは旧暦ですから、太陽暦では五月、すなわち夏。亡母追善のため、一夏千句、百カ日の「夏行」を思い立ちます。「夏行」とは、通常四月十六日（旧暦）から九十日間、僧侶が寺院に籠もって、座禅、読経などの修行をする「夏安居」のことで、この間に僧侶が写経することを夏書と言います。一般の人もそれにならって、願をかけて写経することがありました。夏百日とも言います。

味噌汁を喰ぬ娘の夏書哉　（『落日庵』一七七〇年（明和七）か）

若い娘が恋の願いを抱えて、味噌汁をも断って一心に写経に打ち込んでいる。尊いと言えば尊い。ほほえましいといえばほほえましいですね。

俳人の「夏行」は、写経ではなく詠俳（えいはい）です。蕪村の先例に其角がいます。其角は芭蕉の弟子で、また蕪村の先師早野巴人の師でもあります。若い頃の蕪村は、其角が編んだ『虚栗（みなしぐり）』に心酔し、俳諧の道に入ったという因縁があります。

其角が亡母追善のため一夏百句の「夏行」を行い、その詠句は『花摘』（一六九〇年〔元禄三〕）と題して板行されました。

それに倣って蕪村は、『新花摘』と題して、一七七七年（安永六）春の母の命日に合わせて、夏行に入りました。この年を母の五十回忌と見る説があり、とすれば、母は蕪村が十二、三歳のときに亡くなったことになります。詳細は明らかではありませんが、しかし十二、三歳なら当然、母の顔を覚えていることでしょう。

灌仏（くわんぶつ）やもとより腹はかりのやど　（『新花摘』一七九七年〔寛永九〕）

『新花摘』、冒頭の一句です。灌仏とは四月八日、釈迦（しやか）の誕生会（たんじようえ）のことです。仏生会（ぶつしようえ）、花祭ともいわれますね。寺の境内（けいだい）に小さい花御堂（はなみどう）を設け、お釈迦様の小さい像に甘茶（あまちや）を注ぎ、お祈りをする。私も小さい頃、田舎で花祭を楽しみました。注いだ後の甘茶を薬缶（やかん）いっぱいにいただいて帰ったのも懐かしい思い出です。

お釈迦様は人間の女の肌を仮の宿として誕生された。灌仏の花御堂もまた、お釈迦様の仮の宿です。イエスもまたマリアの腹を仮の宿として生まれました。古来より、英雄はみなこの世に斜めにやってきたんです。つまり私生児ですね。両親の愛情のもとで生まれすくすくと育った英雄は一人もいません。ギリシア悲劇のオイディプスしかり、『源氏物語』の光源氏しかり。紫式部が光源氏のモデルにしたかぐや姫も同じく。まっすぐ垂直に地上に下り立つのではなく、斜めにやってくるのです。

蕪村も斜めからやってきました。彼は父親のわからない子として育ちました。その子が母の追善に「灌仏やもとより腹はかりのやど」という句を最初に捧げた。彼が自分の誕生をどのように考えていたか、この句を読んで推し量る。そんな自由も読者には許されているはずです。

蕪村の水墨画「夜色楼台雪万家図」

蕪村の絵画に「夜色楼台雪万家図（やしょくろうだいゆきばんかず）」があります。近世水墨画の傑作とされる国宝ですが、個人蔵のため、人目に触れる機会がほとんどありません。縦二七・三センチ、横一二九・三センチ、横に長い掛軸状の水墨画です。

同じ時代の名作に、円山応挙（まるやまおうきょ）の「淀川両岸図巻」があります。これもずいぶんと横長の長大な絵巻です。私は三井美術館が開館するときの展覧会で観たのですが、あまりにも長い作品なので、前半と後半で会期を分けて展示されました。京都・伏見の淀から大坂の淀屋橋辺りに至るまで、淀川両岸の風景が約一七メートルにわたって描かれています。この絵には時間が描かれています。淀には朝日が上がっていて、淀屋橋では夜になっている。上流の淀に浮かぶ船が、下流の淀屋橋では提灯（ちょうちん）をともして浮かんでいます。またその背景には大坂城が描かれていて、当時の漆黒に塗られた姿を見ることができます。

さて蕪村の「夜色楼台雪万家図」。重く垂れ込めた空、雪に埋もれた夜の連山と街が墨で描かれています。雪の白さ、暗い空、なおも降り続いて街を閉じ込める雪。水墨といえど、その中に淡い岱赭（たいしゃ）の色（赤みを帯びた茶色）が、小家や楼閣、寺院の窓などに施され、ほのかなあかりが点（とも）り、それがぼうっと雪をも染めている。そして、しんしんと降る雪の中に鐘の音が聞こえ、それが一つに溶け込んで……。まるで夢に誘い込まれるような力のある絵です。

「夜色楼台雪万家図」を見るたびに、私は谷崎潤一郎が愛した地唄「雪」の詞を口ずさみます。

花も雪もはらへば清き袂（たもと）かな、合ほんにむかしのことよ、わが待つ人もわれを待ちけん。合鴛鴦（をし）の雄鳥（をとり）にもの思ひ羽（ば）の、凍る衾（ふすま）に鳴く音（ね）はさぞな、さなきだに、心も遠き夜（よ）半（は）の鐘、合きくもさびしきひとり寝の、枕にひゞくあられのおとも、もしやといつそせきかねて、おつる涙のつらゝより、合つらき生命（いのち）は惜しからねども、恋しき人は罪ふかく、思はん合ことの悲しさに、捨てた憂き、合捨てた浮世の山かづら。

この地唄「雪」を聞いてみると、冒頭の「花も」だけで十秒ほどかけてじっくりと歌っています。雪の重たさと声音の艶っぽさが「夜色楼台雪万家図」にも通じます。この歌を愛した谷崎潤一郎が地唄について書いた「雪」というエッセイもありますので、ぜひ読んでみてください。

遊女の娘が待つ春

『日本文学全集12』のために蕪村句を編むにあたって、私がどうしても収録したかったのが「春風馬堤曲」です。「春風馬堤曲」は『新花摘』と双璧をなす、与謝蕪村を語るに欠かせない詩業です。

「春風馬堤曲」は、俳句（発句形式）と、漢詩（五言絶句の漢詩四首）と、漢文（漢文訓み下し体）を混ぜ合わせた、自由詩の実験的な試みでした。しかも叙事的な物語にもなっています。これは空前絶後の偉業で、江戸の詩人はおろか、このような教養のない明治以降の詩人は、この前衛詩を超えることができません。

「曲」はもともと中国古来の「楽府詩」のことです。

現代の私たちが知る五言・七言律詩（八句より成る）や五言・七言絶句（四句から成る）の漢詩は、唐の時代になって完成されたもので、「近代の詩」と呼ばれています。「近代の詩」以前の詩を古詩といって、「楽府」は古詩に含まれます。「楽府」とは、「元来は漢の武帝が設立した、音楽を管掌する官庁のことで、その任務は楽譜の制定、楽師の訓練、歌詞の収集で、文人の作品のほかに、民間から民歌をも収集した。こうして収集された楽曲と歌詩を総称して『楽府詩』といい、略称して『楽府』といった」（『中国歴史文化事典』）。

「楽府」はとても自由な形式なんですね。これにならって、李白、杜甫、白居易（白楽天）、孟浩然、王維らも盛んに「楽府」形式の詩をつくりました。先ほどお話しした陶淵明の『桃花源記幷詩』は、その極め付きと言えます。

「楽府」（「曲」）の特質はその叙事性で、ただ詩の形式というだけでなく、物語があるということです。

「春風馬堤曲」は和漢混淆の「楽府」であり、同時に『桃花源記并詩』の日本版をつくる試みだったのです。

冒頭のまえがき部分を読んでみましょう。

一、春風馬堤曲馬堤ハ毛馬塘也。則、余が故園也。

余、幼童之時、春色清和の日ニハ、必友どちと此堤上ニのぼりて遊び候。水ニハ上下ノ船アリ、堤ニハ往来ノ客アリ。其中にハ、田舎娘の浪花ニ奉公して、かしこく浪花の時勢粧に倣ひ、髪かたちも妓家の風情をまなび、□伝・しげ太夫の心中のうき名をうらやみ、故郷の兄弟を恥いやしむもの有。されども、流石故園の情ニ不堪、偶親里に帰省するあだ者成べし。浪花を出てより親里迄の道行にて、引道具ノ狂言、座元夜半亭と御笑ひ可被下候。実ハ愚老懐旧のやるかたなきよりうめき出たる実情ニて候。(下略)

時勢粧——ファッション。妓家——遊郭、妓楼。□伝——欠字 不明。夜半亭——蕪村別号。

(書き下し文は、尾形仂校注『蕪村俳句集』岩波文庫に拠る。以下も同)

蕪村を「かな書の詩人」と呼んだのは上田秋成です。当時、詩人とは漢詩を書く人のことでした。そんななか、蕪村は日本語と漢文を使って詩を書きました。その挑戦と腕前を秋成は絶賛したわけです。「これは日本漢詩が宋詩尊重の新風のもとに日常卑近の矚目(しょくもく)を写実的に詠(うた)っていわば俳諧に近づいてきた時代に、逆に俳諧の方から漢詩に近づこうとした試みともいえるかもしれない」(芳賀徹『与謝蕪村の小さな世界』より)

それでは最後に「春風馬堤曲」の十八首を読んで、このお話を閉じます。

「春風馬堤曲」十八首

〇やぶ入(いり)や浪(なには)を出(いで)て長柄(ながら)川

大坂の中心から北長柄橋までおよそ五キロ、毛馬の渡しは約三五〇メートル。やぶ入(藪入り)=草深い土地に帰る意。正月あけの一月十六日、盆あけの八月十六日に奉公人が暇をもらって帰省すること(いずれも旧暦)。長柄川=淀川の分流、中津川の古称。

〇春風(はるかぜ)や堤(つつみ)長うして家遠し

○堤下摘芳草　荊与蕀塞路
荊蕀何無情　裂裙且傷股

堤より下りて芳草を摘めば　荊と蕀と路を塞ぐ
荊蕀何ぞ無情なる　裙を裂き且つ股を傷つく

○花いばら故郷の路に似たる哉

○渓流石点々　踏石撮香芹
多謝水上石　教儂不沾裙

渓流石点々　石を踏んで香芹を撮る
多謝す水上の石　儂をして裙を沾らさざらしむ

荊蕀＝いばら（茨）。裙＝裾、スカート。儂＝一人称「我」の呉の方言。辞書には、「我」の俗語、田舎語とあるが、ならばワシ、アタシ、オレなどとよませるか。

○一軒の茶見世の柳老にけり

○茶店の老婆子儂を見て慇懃に
無恙を賀し且儂が春衣を美ム

老婆子＝お婆ちゃん。無恙＝恙無いこと。元気なこと。春衣＝正月の晴着。

○店中有二客　能解江南語
酒銭擲三緡　迎我譲榻去

店中二客有り　能く解す江南の語
酒銭三緡を擲ち　我を迎へ榻を譲つて去る

江南語＝大坂を代表する花街「島の内」の廓言葉。三緡＝緡は穴あき銭をつなぐ細紐。一緡は百文。当時の酒一升約二百五十文。榻＝こしかけ、長椅子。

○古駅三両家猫児妻を呼妻来らず

○呼雛籬外鶏　籬外草満地　雛を呼ぶ籬外の鶏　籬外草地に満つ
雛飛欲越籬　籬高堕三四　雛飛びて籬を越えんと欲す　籬高うして堕つること三四

古駅＝古い宿場、というよりこの場合、ちっぽけな「道の駅」。猫児＝猫の愛称。籬外＝垣根の外。

一軒の茶見世、二客、三緡、三両家（二、三軒）、堕三四。一、二、三、二三、三四とリズムが刻まれる。

○春艸路三叉中に捷径あり我を迎ふ
○桃源の路次の細さよ冬ごもり
○これきりに径尽たり芹の中
○わが帰る路いく筋ぞ春の草
○愁ひつゝ岡にのぼれば花いばら
○路絶て香にせまり咲茨かな

捷径＝近道。我＝先に「儂」とあった。ここで「我」と表記を変えた意図は？　「儂」を娘の自称、「我」を語り手蕪村の自称とする釈もあるが、択（と）らない。

○たんぽゝ花咲（さけ）り三々五々五々は黄に
三々は白し記得（きとく）す去年（こぞ）此路（このみち）よりす

三々五々五々は黄に、三々は白し、と再びリズムが刻まれる。記得す＝思い出す、覚えている。

○憐（あはれ）ミとる蒲公（たんぽぽ）茎短（みじかう）して乳（ちち）を浥（アマセリ）

先に「たんぽゝ」として、のちに「蒲公」とした意図は奈辺に？　蕪村は秀（すぐ）れた画家であった。文字を声に出してよむだけでなく、目で見る（よむ）ものと考えた。一篇（ぺん）中でも表記に変化があってもおかしくない。例えば、「さみだれや大河を前に家二軒」。これを「さみだれやたいがをまえにいえにけん」と表音文字でよむだけではつまらない。特に大河の文字は絶対に必要である。

憐（あわれ）み＝慈しみから次の「慈母の恩」へ。憐ミとる＝慈しみつつ、そっと採る。

○むかし〱しきりにおもふ慈母の恩
慈母の懐袍（くわいはう）別に春あり

○遅き日のつもりて遠きむかし哉

懐袍（かいほう）＝ふところ。袍は、綿を入れた冬のあたたかい衣服。わたいれ。

母のふところにはとびきりの春があった。

○春あり成長して浪花（なには）にあり
梅は白し浪花橋辺（なにはけうへん）財主の家
春情まなび得たり浪花風流（なにはブリ）

あの頃の春は遠い日。今は、すっかりファッショナブルな大人の浪花っ子になった。

浪花八百八橋、大坂は日本の商いの中心。大店（おおだな）、富豪の建物が並び、築地塀に囲まれた庭園には白梅が満開。

浪花橋辺＝「難波（なにわ）橋のほとり」という釈が主だが（確かに難波橋は北浜にある）、択らない。浪花の町にかかった八百八橋のこと。だから「浪花橋辺（なにわきょうへん）」と読ませた。

財主の家は、娘の奉公先を指すのではなく、大坂の都会ぶり、繁栄ぶりを表す。

それでこそ、これ以降の発句体の意味が解しやすくなる。

春情＝色気というよりずばり男女間の情欲、色情。

○郷を辞し弟に負く身三春
本をわすれ末を取接木の梅

○春情まなび得たり浪花風流

娘（女）は花街にいるのである。賢く、浪花の時勢粧も妓家の風情を身につけた、と解する。

「容姿嬋娟」、「痴情可憐」、「能解江南語」もこの解の根拠ともなるだろう。

負く＝別れる。

三春＝三度目の春のことか（？）

すると、上の「本をわすれ……」の句も、単に故郷を捨てた人の懐郷の念の吐露に止まらない、もっと切実、哀切なもの、慚愧の念などがこもっていることになる。だからこそ、故郷春深し行々て又行々、なのである。

○故郷春深し行々て又行々
楊柳長堤道漸くくだれり

○行々てこゝに行々夏野かな

「行々重行々、与レ君生別離」（行き行きて重ねて行き行く、君と生きながら別離す）（『文選』「古詩」）

ここには何か別の世界へ踏み込んでゆく気配がある。

娘と蕪村は、この「行々て又行々」の中が合体して、一つになる。

〇矯首(けうしゅ)はじめて見る故園の家黄昏(くわうこん)
戸に倚(よ)る白髪の人　弟(おとうと)を抱(いだ)き我を
待(まつ)春又春

黄昏(こうこん)（たそがれ）→黄泉（よみ）
矯首(きょうしゅ)＝頭を上げる。

坂を下ると、そこはすでに薄闇に包まれ、その奥に母と弟がいる。母は白髪になっている。にもかかわらず弟は赤ん坊のままである。

三春とはいったいどのような時間なのだろう（行々て又春→春を待つ又春）。蕪村の母は死して既に五十年の歳月が流れている。母に抱かれている弟は、幼児の蕪村自身である。

〇君不見(みずや)古人太祇(たいぎ)が句
藪入(やぶいり)の寝るやひとりの親の側(そば)

最後は皆さんもご存じでしょう、亡き私の友人、太祇の句で締めるとしましょう。

故郷を出る、故郷を捨てるとは「我」を二身に分けることである。そして、いつの日か、この世でかあの世でかは別にして、故郷に帰還して一つになる。娘の藪入り譚が、いつしか「放蕩息子の帰還」、あるいは「冥府下り」の物語に変じて幕を閉じる。
炭太祇（一七〇九－一七七一）江戸生まれの俳人。蕪村の盟友。京都・島原廓内に不夜庵を結び、遊女たちに読み書きや俳句を教えて生涯を終えた。

（「与謝蕪村」辻原登選訳『池澤夏樹＝個人編集　日本文学全集12』）

「藪入の寝るやひとりの親の側」で蕪村は、自身が赤ん坊だった境地に戻り、またそれは黄泉の国への通路でもあります。このように「春風馬堤曲」は、蕪村の始まりと終わりが円環を描いているのです。これを完成させ、印刷に付し、門弟たちに贈った二カ月後の四月八日（一七七七年）から、ついに蕪村は亡母追善のため、一夏千句、百カ日の「夏行」を始めました。『新花摘』です。
「夜半亭饗宴」も、春に始まり、春に戻って、円環を成します。

質疑応答

【質問1】辻原さんが与謝蕪村を担当した経緯を教えてください。

「日本文学全集」を監修した池澤夏樹さんと私は日頃から交流が深く、石川県白山麓にある僻村塾（へきそんじゅく）という学校を一緒にやっているんです。そこでお酒を飲んでいるときに、「辻原さん、蕪村やってよ」と池澤さんから言われたのがきっかけです。

【質問2】「春風馬堤曲」の辻原さんの解釈に感銘を受けました。長谷川櫂さんも『俳句の誕生』で、その斬新さについて書かれていました。つまり、この物語の主人公である娘を、普通の奉公人ではなく、遊女だと読んだ点です。

そうですね。

藪入りというのは、商家などに住み込みで働く奉公人や、他家に嫁いだ娘が、実家に帰ることのできた休日のことです。忙しさの落ち着いた正月や盆の後がそれにあたります。どの注釈を読んでも、この句で詠まれているのは大坂に奉公に行った親孝行な娘だとしています。でもそう読むと、細部に矛盾が出てくるんです。

私はこの娘を遊女だと読みました。昔、女性は家のために、若くして奉公に出るか、あるいは身を売りました。身を売るという言い方はどぎついけれども、実状はそのとおりと言わざるをえません。芸者さんに出るというのは、今の貨幣に換算して一千万円や二千万円が置屋から実家に払われ、娘はそのお金を置屋に返すために働くという仕組みでした。返済が終わった時点で「年季が明ける」、つまり年季奉公から解放されます。その後に娘は結婚するか、あるいは年季中に旦那が借金を肩替わりして、娘を身請けするという方法もありました。今思えばとんでもないですが、戦前まで当然のように行われていたことです。こういったことが作品の背景にあります。

娘を遊女と読むことは勇気がいりました。けれどそう読めばこそ、「待春又春」といった言葉遣いの端々に宿る切実なものが輝いてくるはずです。

小林一茶

近代俳句は一茶にはじまる

長谷川櫂

［小林一茶］

一七六三〜一八二七。信濃国柏原村（現・長野県）生まれ。江戸時代後期の俳人。名は信之、別号に俳諧寺など。十五歳で江戸に奉公に出され、二十五歳で葛飾派の二六庵竹阿に俳諧を学ぶ。全国各地を俳諧行脚。俗語や方言を交えて平易かつユーモアあふれる俳風を開拓した。五十歳で帰郷したのち、結婚。生涯に二万句以上の発句を残した。おもな著書に、『おらが春』『父の終焉日記』『まん六の春』『志多良』など。

批評は異議申し立て

「新しい一茶」と題して、小林一茶（こばやしいっさ）の百句を選び、批評文を書きました。文章を書くということ、特に批評を書くということは、ただ書けばいいというものではありません。常識を疑ってみる視点が必要です。当然のように言われていること、権威をもっているもの、現在の社会の状態、そういったものに対する異議申し立ての精神が少しでもない限り、文章を書く必要はありません。今まで言われてきたことをまとめたり、上乗せしたりするだけでは、文章を書く意味がないのです。

僕は三十年間、松尾芭蕉（まつおばしょう）の俳句を読み、文献を調べ、数冊の本を書いてきました。芭蕉の有名な句に、「古池や蛙飛（かはづとび）こむ水のおと」という句があります。この句の解釈は三百年間、変わることがありませんでした。どこかの古池に蛙が飛びこんで水の音がした。そういう解釈です。

でも僕は『古池に蛙は飛びこんだか』という本で、この解釈はとてもおかしいと異議申し立てをし、別の解釈を述べました。蛙が水に飛びこむ音を聞いているうちに、芭蕉の心に古池が浮かんだ。蛙の音は現実のものですが、古池の光景は現実のものではありません。僕が指摘して以降、この解釈が新たな常識に変わりつつあります。

『古池に蛙は飛びこんだか』『俳句の宇宙』『俳句の誕生』という三冊を僕は出しました。この俳句論三部作が、今回の「新しい一茶」の下地になっています。

批評は異議申し立てである。このことを僕に教えてくれたのは、一昨年（二〇一七年）亡くなった大岡信さんです。大岡さんは紀貫之や菅原道真など、文学史で貶められてきた人たちを取り上げて、これほど素晴らしい詩人はいないと書きました。つまり、皆からつまらないと思われている詩人たちを生き返らせる仕事をしたのです。

紀貫之の評価が低かったのは、正岡子規がこき下ろしたからです。子規は一八九八年（明治三十一年）に「再び歌よみに与ふる書」という歌論で、貫之を「下手な歌よみにて」と酷評し、貫之が編んだ『古今集』を「くだらぬ集に有之候」と否定しました。それによって、貫之は下手な歌人であり、『古今集』はつまらない句集であると、皆が思い込みました。江戸時代まで『古今集』は和歌の聖典と言われていたにもかかわらずです。以来、貫之はずっと貶められてきたのですが、大岡さんが『紀貫之』という評伝を書いて常識を覆しました。

大岡さんの仕事に接して僕は、文章には文学史を書き変える力があり、その力を発揮できない文章は書く必要がないと思い知りました。

しかしながら、昔も今も世の中を見渡すと、その力を発揮していない文章が批評の顔をして溢(あふ)れています。誰かが言った評価を右から左に伝えるものや、皆が知っている常識をつぎはぎしたような文章です。大岡さんによれば、それは批評ではありません。ただの評論です。大岡さんの第一の肩書きは「詩人」でしたが、「評論家」と略歴に書かれたりすると、大岡さんは必ず「批評家」と書き直していました。評論と批評はどう違うのだろうと僕は長年疑問でしたが、これも大岡さんに学びました。常識に対する異議申し立てがあるか、その煌(きら)めきが文章に宿っているか。あるのが批評で、ないのが評論です。厳然と分かれています。

最初の近代俳人

「池澤夏樹＝個人編集　日本文学全集」には、古典と呼ばれるものがたくさん収録されていて、『源氏物語』や『伊勢物語』などには現代語訳が載っています。それらは原文を読んでも意味がわからないから、現代語訳をつける。俳句についても、与謝蕪村(よさぶそん)と松尾芭蕉には現代語訳があります。そこで一茶についても現代語訳をつけたほうがいいだろうと、皆さんは思われるかもしれません。でも、僕ははたと困ってしまいました。なぜなら、一茶の句は読めばわかるからです。

解釈がいらない。鑑賞もいらない。古典の知識もいりません。日本語が読める人なら誰でもわかるのが一茶の俳句です。それでも現代語訳をつけるとすれば、一句に対して二、三行の短い解釈で事足りてしまいます。それでは、松浦寿輝さんの「松尾芭蕉」や辻原登さんの「与謝蕪村」に比べて、一茶だけ見劣りする巻になってしまうでしょう。これはどうしたものかと考えました。

そこで僕は、百句を選び、解釈と鑑賞を数行におさめ、一茶の評価をひっくり返す文章を書き添えることにしました。つまり批評です。現代語訳がほとんどを占める「日本文学全集」の古典のなかで、一茶の巻はかなり異色だと思います。

具体的にどういうことを書いたかというと、大衆化の問題についてです。大衆化とは人数が増えるということです。少しわかりにくいかもしれませんね。政治を例にしましょう。

近代以前は、王様やその周辺にいる貴族たちが政治を牛耳っていました。ほんの数十人、せいぜい百人にも満たない人たちが、一国の政治を動かしていたのです。この政治形態は長く続きましたが、十八世紀後半にヨーロッパやアメリカで市民革命が起こります。それによって、ブルジョワジー、すなわち有産市民階級が政治の実権を握ります。今ではブルジョワは愚かな金持ちのことを指し、悪くすると成金(なりきん)とも呼ばれますけれども、元の意味は違います。ブルジョワジーはけっして愚かではない。彼らは勉強をし、知識を身につけました。何より大事なのは、彼らは自分たちが打ち倒した支配階級の文化を一生懸命学ぼうとしたことです。たとえばテーブルマナーや会話の仕方、読書で得られる知識などです。彼らは向学心があって、立派なんです。この姿勢が現代の人々から失われているのが問題なのですが、これはまた後でお話しします。

さて、ブルジョワジーが王侯貴族にかわって政治を執り行うことになりました。ブルジョワジーは王侯貴族の何十倍、何百倍もいます。つまり、政治に関わる人数が増えたということです。市民革命によって政治は大衆化しました。

大衆化は政治にとどまらず、いろいろな分野で進みます。ヨーロッパでは市民革命とともに産業革命が進みました。それまで富裕層が抱え込んでいたお金が、庶民にまで行き渡ります。お金を手にすると人は文化に手を出したくなる。すると文化でも大衆化が進んでいくわけです。この大衆化が進んだ時代をヨーロッパでは近代と呼びます。逆に言えば、ヨーロッパの近代を考えるときに大衆化は抜きにできません。大衆化が近代の本質です。

ところが、日本の近代化にはこの定義が通用しません。これは歴史学者たちの怠慢なのですが、彼らに言わせると、日本の近代は明治から始まりました。皆さんも歴史の授業でもそう習いませんでしたか。日本で言われる近代化は大衆化ではなく、西洋化のことを言うんですね。実に不思議な現象です。この定義を西洋で提唱したら笑い者になってしまうでしょう。「西洋の近代化は西洋化のことである」なんて、まるで論理が通っていません。こんな定義は日本でしか、あるいは中国や韓国など東アジアくらいでしか通用しない、ローカルな定義です。さらに重要なのは、近代が大衆化であるという定義に沿えば、日本で近代化が始まったのは江戸時代の半ばです。明治時代ではありません。

そこで、俳句における大衆化の要求にいちばんに応えたのが一茶でした。一茶の句は誰でもわかる。古典の教養も解説もいらない。まさに大衆にふさわしい俳句の姿を一茶は実現しました。

一茶以前の俳句、芭蕉や蕪村の俳句は、さまざまな古典作品が引用されています。芭蕉の『おくのほそ道』なんて古典のつぎはぎと言ってもいいほどです。そうなると読者は、古典作品を知らなければ『おくのほそ道』を味わうことができない。当時の読者には古典の教養が求められたということです。

たとえば当時、「古池や蛙飛こむ水のおと」という芭蕉の句がなぜ称賛されたか。芭蕉以前の句では、蛙を出すなら必ずその声を詠むと決まっていたからです。ところが芭蕉はそれをひっくり返した。蛙の声でなく、蛙が飛びこんだ水の音を詠んだものだから、読者は驚いたのです。この句の土台になっている古典を知らなければ、驚くことができませんね。これを評価した去来、凡兆、丈草らは、芭蕉の優れた読者でも弟子でもあり、当時の知識階級でした。

知識階級の専有物だった俳句が大衆化する。大衆化すると、古典を知らない人たちもたくさん入ってくる。農村にいる自作農や、京都や大坂の都市にいる商人、そういった庶民たちがたくさん参入します。すると、古典を引用した俳句が通用しなくなる。かわりに何が求められるかというと、日常用語で詠む俳句です。この時代の要請に一茶は応えました。彼自身が自作農の出身であるとともに、一茶は最初の近代俳人です。これまで正岡子規が近代俳人の最初の人だと教わってきましたが、子規よりも先に一茶がいます。

「子ども向け」「ひねくれ者」

一茶の俳句はどう語られてきたか。俳人を時系列で追うと、芭蕉、蕪村、一茶、正岡子規、高濱虚子と並びます。芭蕉は孤高の人です。蕪村は芸術家ですね。子規は革新者。虚子はたくさんの弟子に囲まれた俳人。彼らに比べると、一茶には二つのマイナスなイメージがあります。

一つは、子どもの向けの俳句を作った人というイメージです。一茶の句というと、こんな句を思い浮かべませんか。

やれ打つな蠅が手をすり足をする
雀の子そこのけ〳〵御馬が通る
痩蛙まけるな一茶是に有

読めばわかりますね。まるで童謡のような俳句です。

もう一つは、ひねくれ者の俳人だというイメージです。これには一茶の生い立ちが背景になっています。一茶は幼いときに産みの母親を亡くし、父は後添えの妻を迎えました。やがて父親と継母の間に子どもが生まれると、一茶は継母に苛められたそうです。こういう場合に父親は弱いもので、継母をうまくなだめることもできない。継母にしてみれば、息子をかばう夫が先妻に未練を残しているようで、ますます腹立たしい。板挟みになった父親は、息子を継母から離します。一茶は十五歳のとき、信濃から江戸へ奉公に出されました。当時は十五歳で成人とされていましたから、成人になった途端に家を追い出されたわけです。

そういう背景があって、一茶は五十歳まで郷里に帰れませんでした。長い間、弟と遺産相続で争っていたというのも有名な話です。

古郷やよるも障も茨の花

このような拗ねた句も残されています。そんなことから、ひねくれ者の俳人というイメージが一茶には貼りついています。

じつは、この「子ども向け」「ひねくれ者」、一茶の二つの特徴こそ近代俳句の条件に適っていると僕は思うのです。

近代文学の条件「日常用語」「心理描写」

ヨーロッパを中心に世界水準で文学史を振り返ると、近代以前の文学は、キリスト教の神学が下敷きにされていたり、ギリシア神話の神々の名前がたくさん出てきたりと、古典の影響が残っていました。しかし十九世紀の近代文学から変わります。十九世紀の典型的な作家であるドストエフスキーやトルストイの小説は、古典を下敷きにしていません。日常用語で書かれていて、誰でも読めばわかります。

そして、ドストエフスキーやトルストイが何を描いたか。十九世紀に新たな政治的支配者となったブルジョワジーの生き様です。彼らが何に悩み、何に喜び、どのように生きたかを事細かに書いている。個人の生活と心理の描写があるんですね。読者にとって、同じ時代に生きる人が描かれた小説は、とても身近に感じられます。

誰でもわかる日常用語で書かれていること、個人の心理描写があること、これが近代文学の条件です。偶然か必然か、一茶の俳句は十九世紀ヨーロッパの近代文学の二つの条件を備えているのです。

たしかに一茶の俳句は「子ども向け」と言われます。子ども向けということは、子どもにさえわかるということ、誰でもわかる日常語で書かれているということです。「ひねくれ者」という特質は、一茶の感覚や気持ちを細やかに俳句に反映しているということです。「子ども向け」「ひねくれ者」というレッテルを精査してみると、「誰でもわかる日常用語」「個人の心理描写がある」という近代文学の特徴が浮かんで見えてきます。ですから、一茶は近代俳句の先駆けに他なりません。

不当な評価はどこから

そうした文学史的な功績のある人なのに、なぜ一茶の評価は低かったのか。芭蕉と蕪村が高いところにいて、一茶は数段低いところに下がって、虚子の登場でまた高みに上がる。そういうイメージで俳句の歴史は捉えられてきました。

この捉え方には、日本史の問題が大きく横たわっています。日本史が採用している時代区分の問題です。これを考え直さなくてはいけません。今、学校などで教えている日本史では飛鳥、奈良、平安、鎌倉、南北朝、室町、安土桃山、江戸、明治、大正、昭和、平成と時代が区分されています。江戸時代までは政治の中心地があった場所、今で言う首都の名前がついていますね。南北朝時代は、首都が二つ、北の京都と南の吉野とにあったから南北朝と呼ばれています。明治以降はこのルールが変更されています。一代の天皇に対して一つの元号になり、元号で時代を分けています。

この区分で見ている限り、日本の歴史は正確には見えてきません。首都の移動と天皇の交代はわかるけれども、それ以上に見えてくるものがない。だから歴史の勉強は暗記をすることだと誤解されてしまうのです。中学、高校、特に大学受験ともなると、年号や人名をいかに覚えるかで成績が上がったり下がったりしますよね。これは本来、歴史とはなんら関わりのないことです。歴史はもっと有機的な生命のようなものです。世の中で何が起こり、どのような力で動いてきたかを見なければいけません。

なぜ江戸と明治のあいだに決定的な境ができてしまったのか。これが問題です。これまで日本の近代は明治元年（一八六八年）から始まったと言われてきました。この国は野蛮な江戸時代に終わりを告げて、開明的な明治近代に生まれ変わったのだ、そのように宣伝したのは明治政府です。

先頃まで西郷隆盛を主人公にした「西郷どん」というＮＨＫドラマが放映され、西郷は愛と勇気のリーダーなどと描かれていましたが、とんでもないことです。西郷は最後は野に下って賊軍として亡くなった人だからまだましだけれども、大久保利通ら、明治政府の人々は、自分たちがなした維新は素晴らしいのだと強く言うために、江戸と明治をことさらに分け、明治が文明の時代だと印象づけました。西洋化こそ近代化であるという定義を明治政府が打ち出すと、愚かにも歴史学者たちが黙々と追従しました。

日本史の視野を広げましょう。幕府がどこにできたとか天皇が誰に代替わりしたとか、国内を見るだけでは捉えられない歴史の動きがあります。それは諸外国との関係です。ヨーロッパが登場する以前は、東アジア、特に中国との関係を見なければ、日本の歴史はつかめません。

日本史を世界から読む

一例をあげると、平安時代が終わって中世が始まったということさえ、武士が台頭して鎌倉幕府を開いたからだと、国内の事情だけで説明されています。しかし、この背景には中国王朝の歴史があります。一一二六年（大治元年）、北宋は金（中国北方の異民族）に追われて南方に逃げ、そこで南宋として再興します。しかし一二七六年（建治二年）、南宋はモンゴル帝国に占領され、宋は滅ぼされました。

南宋は中国五千年の歴史で最高の文化水準を誇った王朝です。南宋が滅び、その文化は周辺国に流れていきました。朝鮮半島へ流れていったのは朱子学です。朝鮮は中華文明の嫡男みたいなものですから、朱子学を自国の国是として根付かせました。それによってがんじがらめになってしまい、近代化が遅れた。ですから、朝鮮にとって朱子学は功罪相半ばするところがあります。

南宋から日本に入ってきたのは禅です。宗教の禅宗と捉えると狭まってしまいます。広い意味で禅の思想です。これ以降の日本史を語るのに禅は欠かすことができないほど、禅の思想は日本の文化を豊かにしました。

たとえば平安時代の絵画というと、「源氏物語絵巻」のように極彩色の絵を想像されるかもしれません。しかし一方で、南宋から伝わった禅の思想から、水墨画が広まります。枯淡なものを美と感じる日本人の美意識は、禅の思想によって豊かに育まれてきました。また、禅の思想は武士の気風とも一致しました。そういった側面から、王朝から中世への移り変わりを理解することが大事です。

その後、一四六七年（応仁元年）に起こった応仁の乱以降、日本は百三十年間も内乱の時代がありました。今の私たちには想像しがたいですが、中東で起きている空爆やテロ、あれが百三十年も続くと思えばいいでしょうか。長引く内乱によって京の都は焼け野原になり、山口や大分など文化人が都から流れていった町も戦乱で焼かれてしまう。それによって貴族の邸宅やお寺に蓄えられていた古典の文献がほとんど消失してしまった。日本の文化はずたずたに壊滅したのです。ですから、その後に天下統一した豊臣秀吉がまず最初にやろうとしたことは、復興でした。秀吉の桃山時代は、失われた王朝中世の文化を復興するためにあったようなもので、秀吉は北野大茶湯（きたのおおちゃのゆ）や醍醐の花見などのイベントによって、失われた古典文化を蘇らせようとします。

秀吉の政権は短かったため、古典復興は江戸時代に引き継がれます。江戸の前半はまさに古典復興の時代で、俳句はもちろん、絵画や書道など、さまざまな文化が古典を題材にしながら発展していきました。

この時代に北村季吟（きたむらきぎん）という古典学者がいました。季吟は『源氏物語』や『伊勢物語』など、主立った古典の注釈を手がけた人なんです。そのやり方が奮（ふる）っていて、真ん中に本文を置き、上部に頭注を、本文の横にも傍注を書いた。これは大変な仕事であり、また現在、岩波書店や小学館が出している古典文学全集の原形でもあります。芭蕉はこの季吟に古典を学びました。芭蕉や蕪村が古典をちりばめて俳句や文章を書いたのは、まさに古典復興の時代に生きていたからです。古典復興の時代は十八世紀の半ばまで、蕪村の時代まで続きました。

こういう歴史を学校では教えません。江戸の前半期は古典の復興である。そう一言いってくれれば、その後の展開も理解しやすいと思うんですけどね。

飢饉と革命と文学

その後、日本は大きく変わります。大きく変わるきっかけになったのは天明の飢饉です。一七八二年（天明二年）から一七八八年まで、七年もの間、東日本を中心に大飢饉が襲います。当時の日本の人口は三千万人ほどでしたが、そのうち百万人近くが餓死してしまいます。

原因は火山の噴火です。一七七〇年代は東アジアで天候不順が続いたのですけれども、一七八三年三月に青森県の岩木山が、五カ月後の八月に浅間山が大噴火しました。今は火山の噴火が起きてもそう騒がれないけれども、当時は大打撃を食らいます。火山が噴火すると火山灰が降るだけではなく、噴煙が空を覆って日照時間が短くなる。たちまち農作物が影響を受けて、米が穫れなくなる。これが七年間も続いたのです。草の根や、犬や猫、食べられるものは全部食べました。それでも足りないので、亡くなった人の肉に草木を混ぜて食べたりもしました。そういう悲惨な現象が東日本とくに東北地方で続いたのです。

農村の人が江戸のような大きな町へ逃げる。それによって、都会の人口がどっと膨らむ。こういう現象が起きたんですね。

じつはこれと同時期に、アイスランドでも二つの火山が噴火しました。一七八三年六月にラキ火山が、その後、グリムスヴォトン火山が噴火を始めました。天明の飢饉と同じように、火山の噴火をきっかけにヨーロッパでも飢饉が起きます。食糧事情が悪化し、貧困が生み出され、社会不安が広がっていく。それを背景にして起きたのが一七八九年のフランス革命です。

日本では革命は起きませんでしたが、天明の飢饉の最中に将軍の代替わりがありました。一七八七年、徳川家斉（とくがわいえなり）がわずか十五歳で江戸幕府十一代将軍に就任しました。家斉は将軍職の期間を経て、自分の子どもに将軍職を譲って隠居し、一八四一年（天保十二年）まで大御所として政治を牛耳っていました。五十四年間とは長いですね。

江戸時代、大御所と呼ばれ、長期間にわたって実権を握っていた人は二人いました。徳川家康と家斉です。ところが、家康のほうは歴史の授業で教えるけれども、家斉はほとんど触れません。

なぜ家斉について教えないかというと、彼は評判が良くないからです。家斉は贅沢をした将軍というレッテルを貼られています。しかしそれは、あくまで封建社会から見た評価に過ぎません。江戸時代は米を財政の基盤としています。幕府は農民から集めた年貢の米を換金して運営していました。当時で言う石高（こくだか）、つまり米の生産高が一挙に伸びるということはありませんから、幕府の収入は毎年だいたい決まっています。そこで将軍が贅沢をすると、幕府の財政はたちまち立ち行かなくなります。

ただし、封建社会という枠を外してみると家斉の評価は変わります。江戸城には将軍だけでなく、大奥にいる何百という女性たち、さらにお付きの人たちが生活していました。その人たちがご馳走を食べ、美しい着物をまとって暮らします。その着物は、幕府は江戸や京都や大坂などに注文して調達します。すると江戸城の金庫に蓄えられていたお金が江戸や京都や大坂に流れていく。さらに絹織物が素晴らしいのは、そこでお金が留まらないところです。幕府から呉服商に流れたお金は、問屋へ、織屋へ、製糸業へ、養蚕業へと、最終的に農村まで流れていく。農村の自作農の懐まで潤っていくのです。これが家斉の時代の大きな特徴です。家斉の贅沢は、今で言う公共投資でした。

農村にお金がまわり、お金を手にした農民が何をするか。ちょっと習い事でもやってみるかと思い立ちます。このときまず流行ったのが川柳です。古典の教養のない農民たちにとっては、俳句よりも川柳のほうが始めやすかった。ただし、この時期は俳句人口もどっと増えます。人々は古典の教養がなくても楽しめる俳句を求めました。これにぴったり合う感覚の俳句を作ったのが一茶だったわけです。

自己中心＝近代市民

一茶は近代市民であり、近代俳人の最初の人です。ちょんまげを頭にのせた江戸の人ではありますが、フランス革命を推進したブルジョワジーと同じような近代の市民性をもつ人でした。では、一茶の近代市民らしさとは何か。自己中心的であるということです。自己中心的にしか考えられない。芭蕉の芸術至上主義的な性格とは対称的です。

一茶の自己中心は、まず金銭感覚にあらわれています。これは小林一茶の伝記の大部分を占めるエピソードでもありますが、一茶は腹違いの弟と何年にもわたって遺産相続で争い続けました。これはまさに近代人の姿です。芭蕉や蕪村がお金で揉めていたなんて全然聞かないですよね。

一茶の父は、一茶が三十九歳のときに亡くなりました。遺産は二人の兄弟で分けるようにと父は言い残していました。その遺言どおり、一茶は兄弟二人で遺産を二つに分けるんですけれども、その分け方にちょっと驚かされます。

父の死後、継母と弟は畑を耕し、財産を増やしていました。普通に考えれば、父が亡くなった時点での財産を二つに分けるというふうに考えませんか。ところが一茶は、父の死後に膨らんだ分の財産まで含めて二等分しろと要求するんです。そして最終的に、一茶の言い分が認められます。屋敷の中央にまっすぐ線を引いて、北側を継母と弟に、南側を一茶の持ち物としてしまう。まるでベルリンの壁のように、一軒の家を二つに分けてしまうんです。この金銭感覚は近代人以外の何ものでもないでしょう。

また、一茶の交通感覚も近代的です。一茶は若い頃に東北や九州を旅しましたが、江戸に住んでいる間はしばしば長野県の柏原へ出かけています。故郷へ遺産交渉のために出かけているのです。それから後年、故郷の柏原に戻り住んでからは、江戸にちょこちょこと出かけ、弟子や俳友と交流をもっています。とにかく行ったり来たりを繰り返しているわけですが、この旅の感覚が現代の我々とほとんど変わらない。「ちょっと用があるので大阪まで」と新幹線に乗るような、それもビジネス上の移動で身軽で能率的な感じがあります。

これと比べると、芭蕉の旅はまったく違いますね。『おくのほそ道』を読むとわかりますが、芭蕉は曾良と二人、決死の覚悟をもって出ていくわけです。いかに一茶の時代、十八世紀後半以降の日本が変わったかということがわかります。

生まれ変わる一茶

さて一茶の俳句をつぶさに見てみると、「子ども向け」「ひねくれ者」の俳句ばかりではありません。「新しい一茶」はこれまであまり知られていなかった一茶の俳句を取り上げました。一茶研究者の大谷弘至さんが選んだ百句をもとにしています。

いくつか読んでいきましょう。


しづかさや湖水の底の雲のみね　（『寛政句帖』一七九二年〔寛政四〕）

説明がいらないですね。読めばわかるとはこのことです。

琵琶湖の底に入道雲が映っている。なんと静かなことだろう。十四年ぶりの帰郷をした翌年の春、三十歳の一茶は江戸を発ち、西国へ向かいました。生まれてはじめて京の都を訪ね、九州の熊本八代（やつしろ）、長崎まで足を伸ばし、江戸に帰ったのは三十六歳の秋。足かけ七年におよぶ大旅行の途上で詠まれた句です。

天に雲雀（ひばり）人間海にあそぶ日ぞ　（『西国紀行』一七九五年〔寛政七〕）

これも旅の途上、四国で詠まれた句です。

「天に雲雀」という大きな切り出しが素晴らしいですね。天と海を広々と分けています。さらに「人間海にあそぶ」という捉え方がいいですね。磯遊びや潮干狩り（しおひがり）と言ってしまうとつまらなくなってしまいます。

「人間」は近代にできた言葉のように見えますが、古い仏教の言葉で人間界を意味していました。それがやがて人間界に住む人間、人類を意味するようになります。「人間」という言葉を使った江戸時代の俳句は稀です。

我（わが）星は上総（かづさ）の空をうろつくか　（『文化句帖』一八〇四年〔文化元〕）

七夕の句です。織姫と彦星、天上の二つの星が一夜を共にする。それに比べて、自分は年ばかり取って、妻も子もない。きちんとした家もない。七夕の夜空を見上げても、浮き草のわが身が思われる。「さすらふか」でも「さまよふか」でもなく、「うろつくか」というのがいいですね。「ひねくれ者」の気持ちがうかがえる句だけれども、捉え方が壮大です。

この夜、一茶は上総の富津（ふっつ）（千葉県富津市）にいました。八時頃に雨が降り、たちまち晴れて星空が現れたそうです。

梅干と皺（しわ）くらべせんはつ時雨（しぐれ）

（『文化句帖』一八〇六年〔文化三〕）

ずいぶんと年を取って、梅干しと皺比べするほどに顔じゅう皺だらけである。

老いを嘆く句はたくさんありますが、一茶は自分に忍びよる老いを、梅干しと比べることで、大いに笑っています。家庭環境に恵まれず貧苦にあえいだ一茶には、老いなど笑うべきものだったのかもしれません。一茶が四十四歳のときの句です。当時はすでに立派な老人でした。

心からしなのゝ雪に降られけり

（『文化句帖』一八〇七年〔文化四〕）

やれやれと、疲れた声が聞こえてきそうな句ですね。

一茶にとって、雪は故郷の象徴でした。苦い思い出のほうが多かったでしょう。それでも江戸での放浪時代、雪が降ってくると故郷を思って句を詠みました。「初雪や古郷見ゆる壁の穴」という句もあります。

のちに江戸を離れ、雪深い柏原に帰り住んでからは、いよいよ雪が詠まれるようになります。ただ目の前の雪を詠んでいるのではなく、長らく故郷を離れ、雪に恋い焦がれたことのある人の雪の句です。

白魚のどつと生るゝおぼろ哉

（『文化句帖』一八〇八年〔文化五〕）


江戸時代では、隅田川は白魚の名産地でした。

「おぼろ」は月の光がぼんやり照っている様子です。いわば夜の霞のような風景の中から、白魚がどっと生まれてきそうである。目の前の白魚を見ているというよりも、目を閉じて白魚の生まれる「おぼろ」を感じています。宇宙的な生命力を感じる大柄の句です。

下々も下々下々の下国の涼しさよ

（『七番日記』一八一三年〔文化十〕）

下々という響きが面白いですね。都の人に対して、自分が住んでいる信濃の山国を卑下しています。こんな山の奥の奥にある国だけれど、なんと涼しいことよ。こんな涼しさは都では味わえないことだろうと、少し居直ってもいます。

この句の変形としてあるのが、次の句です。

涼風の曲りくねつて来たりけり

（『七番日記』一八一五年〔文化十二〕）

貧しいあばら屋では、涼風さえまっすぐ吹かず、入り組んだ路地を辿ってやっと届く。それでも風が届いているのだという喜びを詠んでいます。この句は信濃で詠まれていますが、江戸下町に暮らした時代を回想しているのでしょう。

「涼風」は「すずかぜ」でなく「りょうふう」と読むほうが、滑りがいいですね。

ふしぎ也生た家でけふの月

（『七番日記』一八一六年〔文化十三〕）

淡々とした句ですが、妙に惹かれます。信濃に帰り、結婚した後に詠まれた句です。「生た家で」というところに、やっと信濃に帰れたという一茶の思いがこもっています。それがいかに不思議な巡り合わせであったことかと人生を振り返っています。

手にとれば歩(あるき)たく成る扇哉(あふぎかな)

（『七番日記』一八一八年〔文政元〕）

扇の不思議な力を感じる句ですね。扇を手にするだけでふわっと浮かんで自分の心まで軽くなる感じがします。

この句を詠んだとき、一茶は長女さとの出産を控えていました。この年の一茶の句が軽快で明るいのは、そのせいかもしれません。

大螢ゆらり〳〵と通りけり

（『八番日記』一八一九年〔文政二〕）

「ゆらり〳〵」は蛍の飛び方の描写ですけれども、この蛍の気分まで伝わってくるようです。美しい夏の夜をほろ酔っているかのように、ゆらりゆらりと飛んでいます。

蟻（あり）の道雲の峰よりつゞきけん　（『おらが春』一八一九年〔文政二〕）

蟻の行列を見つけて、その道筋を辿っていくと、はるか向こうの雲の峰から続いてきているようである。単純である大胆な句です。

一茶の句は「子ども向け」と侮られてきましたが、そこで批判されているのは小動物を漫画風に描いた句です。たとえば、「瘦蛙（やせがへる）まけるな一茶是（これ）に有（あり）」「我と来て遊べや親のない雀」「雀の子そこのけ〱御馬が通る」などがよく知られています。しかし蛍や蟻の句を読むと、一茶が小さな動物の表情をとらえる名人であったことがわかります。

露の世は露の世ながらさりながら　（『おらが春』一八一九年〔文政二〕）

長女のさとが疱瘡（ほうそう）（天然痘（てんねんとう））で亡くなってしまいました。二歳（満一歳）、かわいい盛りだったでしょう。

この世が儚いことは重々承知しているが、それにしても、これほど小さな命を奪うとは何という仕打ちだろう。言葉にならない悲しみが溢れた、絶唱です。

おんひら〳〵蝶（てふ）も金（こん）ぴら参哉（まゐりかな）　（『文政句帖』一八二四年〈文政七〉）

金比羅（こんぴら）さんの参道を舞う蝶を描いていています。「ひら〳〵」に「おん」がついているところが自在で可笑（おか）しくもあります。いかにも金比羅参りの長閑（のどか）な感じが出ていますね。

やけ土のほかり〳〵や蚤（のみ）さはぐ（わ）　（書簡　一八二七年〈文政十〉）

一八二七年（文政十年）閏（うるう）六月一日、柏原で大火事が起こり、一茶の家も消失しました。遺産相続で手に入れて、「つひの栖（すみか）」と喜んだ家です。一茶、妻やをは、焼け残った土蔵に藁（わら）を敷いて仮住まいをします。

「やけ土」というのは、土蔵にまだ火事の熱がこもっているんですね。土が温かいものだから、蚤どもが喜んで騒ぎだす。「ほかり〳〵」というところに、まるで焼き芋がほっかり焼けた感じと、蚤がほかほかと喜んでいる感じが出ていて、何とも笑ってしまう句です。嘆きが笑いに変わっています。

「子ども向け」「ひねくれ者」と言われる一茶の句ですけれども、じつはこのような名句がずらっと並びます。説明をしなくてもわかる句ばかりです。すべて日常語で書かれていて、そこで描かれている人間の気持ち、さらには蚤や蛍の気持ちまでわかるような心理描写が自然に行われています。これが一茶の偉大さであり、一茶が近代俳句の最初の人である理由です。

写生の嘘

これまで近代俳句の最初の人は正岡子規だと言われてきました。その説をひっくり返し、子規でなく一茶が最初の人だとすると、では正岡子規とは何なのでしょうか。

子規の俳句も、日常用語を使い、さらに心理描写をしています。たとえば、子規が亡くなる数年前に詠んだ句、「いくたびも雪の深さを尋ねけり」。雪が積もったのを見たくて見たくてしかたがない。でも病気が重く、自分で立って見にいけない。だから人に雪の様子を訊いている。難しいところはありませんね。子規の句も日常語で書かれていて、同様に病床の子規の子どものような気持ちが伝わってきます。

「日常用語」「心理描写」という二つの方法は、一茶が始めたことです。この一茶の俳句が作った流れの中に、子規の俳句はあります。ただしかし、子規は単に一茶の流れの中継点ではありません。子規は写生という方法を唱えました。

写生とは、目の前にあるものを素直に言葉に写せば一句ができるという考え方です。まさに大衆化の時代の方法です。子規が根岸の子規庵で伏せっていたとき、近所の人や八百屋の女将さんまでがやって来て、俳句を作っていたそうです。古典を勉強しなくても俳句を詠むことができるということを、子規は写生という方法論ではっきりと打ち出しました。写生の提唱は、子規の最大の業績です。

一茶は、この方法を先んじて、直感のおもむくままに実行していたわけですね。自作農の家に生まれ、古典の勉強などしていない。いわば無知を逆手にして、奇跡的に時代の要請に応えてしまった。それが一茶という存在であり、それを近代俳句の方法論として提出したのが子規であるということです。

ただし、写生という方法論には嘘があります。写生が近代大衆俳句の方法であったことは否定できませんが、しかし、目の前にあるものを素直に言葉に写せば一句ができるというのは嘘です。俳句は想像力がなくては詠めません。想像力の働きを子規は無視しました。これはのちに大きな弊害を生みます。

子規は『俳諧大要』の中で、書いています。想像力を使って作ると、一流の句ができるか、とんでもない駄作ができるか、そのどちらかだと。続けて、写生では二流の俳句ができるのだと言っています。子規はみずから、二流どころの俳句を量産する方法が写生である、大衆はそれでいいんだというんです。

現代の大衆化

江戸時代後半に始まった俳句の大衆化は、昭和の戦争の後、極端に進みました。ふたたび政治に目を向けますが、戦前の選挙制度では、選挙権も被選挙権も男子に限られていました。さらに遡れば、男子のなかでも、一定の税額を納めていることが条件にされている時代もありました。それが昭和の戦争の後は、完全に二十歳以上の男女平等の普通選挙が始まります。これは、政治における大衆化の最終的な到達点です。あとは、二〇一六年（平成二十八年）に決まったように年齢を十八歳に下げるくらいのことしかできません。しかし、これには当然限度があります。政治の大衆化は行き着くところまで行ってしまっているわけです。

経済を見ると、戦後に労働運動が公認されたことによって、所得の再分配がどんどん進みました。お金が下々まで行き渡るようになりました。要するに、庶民が一票と一円を持っている状態ができたんです。選挙権とお金は、どちらも世の中を変える力をもっています。その力を庶民が得ることができました。

ところが、この大衆化、特に所得倍増計画などが謳われた高度経済成長後の大衆化は、過去の大衆化とまったく違いました。それまでの大衆化は、新しく政治に加わった人たちが、それ以前の為政者に学ぼうとしたんです。フランス革命では新しく政治に参入したブルジョワジーは、王侯貴族の文化に学びました。ところが高度経済成長以後の新たな大衆は、学ぼうとしません。その結果、どういうことが起きるでしょうか。

今、我々の周りを見渡すとわかります。たとえば、選挙が人気投票になります。テレビに出ないとだめだとか、顔がよくないといけないとか、政治的な手腕よりも、知名度や人気が試されます。あるいは、消費もより安いものや、より売れているものを買おうとする。自分が使う一円がどういう企業に流れて、それが社会をどのように変えるかを考えません。こういう行動をとると、世の中がどんどん悪くなっていきます。賢い有権者、賢い消費者が追いやられて、愚かな消費者、愚かな有権者が増えていきます。

一言で大衆化といっても、これは高度経済成長以後における新しい特徴です。ですから、別の呼び方を考えたほうがいいと思います。僕はこのような現代のありさまを「末期的大衆社会」、俳句についていえば「末期的大衆俳句」と呼んでいます。

同じことが文学でも起きています。最初に申し上げたとおり、今、批評が絶滅に近い状態にあるというのもそうです。まっとうな批評より本の売れ行きのほうが影響力がある。これでは批評が成立しません。

批評をどういうふうに立て直すか。それは俳句にとどまらず、文学全体の大きな課題になってくるでしょう。文学の立て直し、政治の立て直し、経済の立て直し、これらは並行して起きており、何か対応が求められているのだと思います。

質疑応答

【質問1】一茶の評価はずっと低かったということですが、江戸の当時、俳句の批評はあったのでしょうか。

俳句には批評のシステムがあります。選句です。選は端的な批評なんです。まず俳人が句集を作るために、自分の俳句のなかから優れたものを選びます。これは自分に対する批評と言えます。それから選集を編むために、選者が俳人の句を選びます。これも批評です。俳句だけでなく、日本の文学は『万葉集』の頃から批評の歴史があります。アンソロジーは批評がないと成立しませんからね。

【質問2】写生について、目の前のものを写すだけでなく、想像力を使うのだというお話がありました。想像力というのは何なのか、詳しく教えてくれませんか。

目の前のものを絵具で描く。これは比較的簡単ですよね。でも、言葉に写すというのは難しくありませんか。なぜなら言葉は、絵具のように即物的なものではなくて、人間の心から出てくるものだからです。言葉は心の様相を含んでいるということです。言葉は意味をもっているけれども、意味の他に、風味というのをもっています。この風味が想像力の産物です。たとえば「馬鹿」というのは、愚かという意味で、人を罵る言葉ですね。けれども、仲の良い男女や友人の間で「馬鹿」と言うと、逆に親愛の情になることがあるでしょう。言葉は意味だけでできているのではないということがわかりますね。

そうすると、はたして完璧な写生というのができるのかどうか、疑わしい。言葉で俳句を作るというのは、風味の部分まで考えなくてはいけません。

【質問3】「こども向け」「ひねくれ者」というレッテルのお話が興味深かったです。田辺聖子『ひねくれ一茶』や藤沢周平『一茶』など、小林一茶を描いた小説が過去にあります。それらで描かれた一茶について、どう思われますか。

藤沢周平の『一茶』は映画化もされたようですね（未公開）。これらは既存のイメージの上に立っていて、そうすると一茶がもっていた革新性が出てこないんですね。僕は彼らの描く一茶像はどれも古い常識の上に立っていて不満です。

【質問4】昔の俳句を読むときはいつも古語辞典を頼らなければいけないんですけど、一茶の俳句は国語辞典さえなくても読めるので楽しいです。気になるのは、一茶の俳句で使われている言葉は、江戸時代の人たちも使っていたのかということです。たとえば「つんつるてん」は、当時の人たちは読んで意味がわかっていたのでしょうか。

一茶は当時使われていた言葉を使っています。「つんつるてん」や「きりきりしやん」という言葉は当時あって、それを一茶は直感みたいにして俳句に入れてくるんですね。そういう一茶のセンスに僕は感銘を受けます。

【質問5】大衆化について、新しく権利を獲得した庶民が学ばないというお話が印象的でした。これは反知性主義とも言えると思います。学ばない姿勢が常態化してきて、今後、俳諧や文学はどうなっていくのでしょうか。

大衆化は世界的に進んでいて、アメリカでトランプが大統領に当選するのも、極端な大衆化現象です。日本を考えると、これまで文化というものがどのように維持され育まれてきたのかを考える必要があります。

たとえば、『源氏物語』が書かれた当時、読者は何人くらいいたと思いますか。千人？かなり多く見積もりましたね。当時、読者が読んでいたのは写本です。原典はたった一つ。当時は印刷技術がありませんから、一冊一冊書き写して、それを読者が手から手にまわしていくわけです。読者は、宮中の人たち、および国司（こくし）階級の人たちです。せいぜい五、六百人ですね。この人たちが文学を支えていたわけです。

当時の日本の人口が多くて一千万人、そのうちの五百人として、二万分の一。現在の人口が約一億二千万人ですから、その二万分の一というと六千人です。ちょっと少ないかもしれませんが、読書を愛してやまない人、文学を支える人がそのくらいの割合でいれば、文学は維持されるということです。それに、数十万部や数百万部のベストセラーというのは、別の要素が働いているということもわかるはずです。

妙な大衆化が進んだとしても、一定数の賢い読者がいる限り、文学は育まれていくと思います。

近現代俳句

さまざまな流れをこそ

小澤實

俳句史の多様性

近現代俳句というと、どうしても「ホトトギス」中心に考えられることが多いです。正岡子規から始まり、高濱虚子に引き継がれ、大正の村上鬼城、渡邊水巴、飯田蛇笏、前田普羅が登場、昭和初期の四Ｓ（阿波野青畝、水原秋櫻子、高野素十、山口誓子）が出てきて、中村草田男、加藤楸邨、石田波郷ら人間探求派に流れていく。評論家の山本健吉がまとめた『現代俳句』をはじめ、「ホトトギス」中心の近代俳句史観がしっかりと定着していると思います。十分豊かな歴史ではありますけれども、それに反対する流れ、それと異なる流れも大事にしたいという思いがぼくにはあります。近現代俳句の多様性を大切にして、五十名の人選をしました。

俳句を若い人たちに伝えていくためには、しっかりと句に口語訳をつけなければいけません。これは『俳句αあるふぁ』で「新秀句鑑賞」という連載をやっていて気づいたことです（二〇一八年〈平成三十〉『名句の所以』〈毎日新聞出版〉として刊行）。はじめのうちは口語訳をつけずに鑑賞していたんですが、これでは若い人に伝わらないと思い、連載の途中から口語訳をつけることから鑑賞を始めることにしました。

俳句になじみが無い人には、俳句の特質である文語と切字、これが障害となってしまうんですね。「や」「かな」「けり」といった切字や、話しことばとは違う文語が出てきた途端に、若い人は拒否反応を示してしまうことがあります。もちろん年齢を重ねていても、俳句のそういった特性を苦手とする人は少なくありません。

近代俳句には口語体のものも多少はあって、それはそのままでいいんです。切字や文語をわずかでも使ってあるものは、必ず口語訳をつける。『池澤夏樹=個人編集　日本文学全集29　近現代詩歌』俳句の章では、まずこの書き方でいこうと思いました。

友人たち、俳句と短歌と詩

『近現代詩歌』が嬉しいのは、詩と短歌と俳句が一冊になっていることです。

ぼくがかつて師事した藤田湘子という俳人が、酒を飲むたびに繰り返し言っていたことがあります。俳句は絶対の詩である。俳句がもっとも優れた詩であり、それ以外の詩歌は俳句に劣るというわけです。そのことばを聞いた頃、若いぼくは塚本邦雄の短歌や吉岡実の詩を愛読していました。俳句が唯一絶対の詩だとは思えないところがありました。藤田湘子に学びながらも、ずっと違和感を抱えていたんです。『近現代詩歌』の一冊を手にして、かつての師のことばへの違和感を思い出しました。

『近現代詩歌』の詩・短歌・俳句を見渡してみますと、俳句の独自性が際立ちます。現代のぼくたちは口語で読み書き話しますけれども、詩も短歌も俳句もすべて文語から始まりました。まず詩が口語化し、続いて短歌が口語化していく。対して俳句はずっと文語のままです。あくまで文語詩の形式を変えません。時代錯誤、アナクロニズムの詩型なんです。

ぼく自身は俳句は絶対的な詩歌ではないと思っています。詩や短歌という友人とともにあることで、互いに詩型のよろしさが引き出され、生き生きとしてくるところがあるのではないでしょうか。それが『近現代詩歌』という一冊の魅力になっていると思います。

正岡子規から始めない

俳人を誰から始めるか。これは重要なことでした。先ほども申しましたとおり、近代俳句は正岡子規から始まるというのが一般的な史観です。しかしこれに倣(なら)うと、江戸時代からの連続性という、俳句にとって重要な要素が欠けてしまう気がします。そこでぼくは井月(せいげつ)から始めることにしました。

井月は幕末から明治期に活躍した俳人で、岩波文庫では黄帯のシリーズ（日本の古典文学。江戸時代まで）に分類されています。近世と近代、江戸時代と明治時代を繋ぐ立場を、井月に担っていただきました。

ただ、幕末から明治にかけての俳句において、井月が圧倒的な存在だったという確証はありません。そういった観点で見てみますと、明治初期の俳諧研究が進んでいないところに問題があります。

明治初期はまだ個人句集がない時代です。ですから俳句は類題句集の中から拾い出さないといけないのです。まだ、個人の評価を考えるというところまで研究が進んでいないんです。そのなかで井月だけが明確に発見されているというのが現状です。ですから今後、井月のライバルになる存在が見つけられるかもしれません。これから編まれる俳句史の可能性に期待するところです。そういった可能性を含んで現在時点の井月がいるということです。

最近、井月に関して驚いたことが二点ありました。ぼくの大学時代からの友人に宮脇真彦さんという俳文学者がいるんです。かつて伊那の彼の家に遊びに行ったことがあります。大きな家でした。鯉料理をごちそうになり、一晩泊めてもらいました。つい先日聞いたことには、ぼくが泊めてもらった部屋は、明治期に井月が訪れて連句を巻いていた場所だったそうです。井月はこんなに近くにいた男だったのかと驚きました。泊まった時に教えて欲しかったですね。その時は自慢したくなかったのかもしれませんが。

またこれも先日、俳諧の研究をされている俳人の秋尾敏（あきお びん）さんに聞いて驚いたことがあります。井月は俳諧教林盟社の会員だった可能性があるということです。教林盟社は明治初期の俳諧において保守的な結社だったんですけれども、井月がそういった結社に所属していたとは意外でした。従来、井月は放浪の途上で行き倒れて死んだ、そんな男と考えられていました。それが結社に所属していたとは、新たな研究によって井月の別の側面が見えてきました。

正岡子規が近代俳句の始まりだというのを外してみると、面白い観点がいろいろ出てくると思います。『池澤夏樹＝個人編集 日本文学全集12』で一茶（いっさ）を担当されている長谷川櫂さんが、一茶から俳句の近代が始まると書かれています。「芭蕉（ばしょう）が試みた古典離れを一茶は地でできた。こうして一茶は俳句の大衆化＝近代化の時代の最初の人になる」。一茶は江戸期の俳人ですから、一般的には近世の人と捉えられますね。しかし詩歌の歴史を見れば、近世と近代の境は明治でなく、遡って江戸にあるのかもしれません。芭蕉が試みた古典離れ、かるみをこそ近代の出発とも考えることもできると思います。文学史は固定されたものではなく、動きます。この揺らぎがまた面白いことではないでしょうか。

夭逝者

始まりは井月。さて最後は誰で閉じようか。平成の夭逝俳人の二人、田中裕明と攝津幸彦を選びました。両者とも四十代で亡くなって、その才能がひじょうに惜しまれます。田中裕明とは親しくさせていただいて、何度となく会ってきました。たくさん酒を飲み交わしました。ぼくのきたない下宿に泊まってもらったこともあります。攝津幸彦とは数回程度しかお会いできなかったけれども、一回一回が大事な時間でした。人間的魅力の深い人たちでしたけれども、作品の質も高く、時間が経つにつれて作品が成長しているのが感じられる二人です。

たたずめる我と別れて秋の風　　田中裕明

（『田中裕明全句集』ふらんす堂　二〇〇七年〈平成十九〉）

死の直前の句です。生きている自分の肉体があり、そこから別れていくもう一人の自分がいる。とどまる我と立ち去る我とに自分が分裂しています。生の感触と死の気配とが秋の風の中に溶けていき、自分自身の肉体が透き通って見えている。そんな不思議な詩境がありま す。これは俳句の歴史のなかで唯一人、田中裕明が到達した世界ではないかと思います。

山桜見事な脇のさびしさよ　　摂津幸彦

（『鹿々集』ふらんす堂　一九九六年〔平成八〕）

摂津は新しい俳句を志した人ですが、その彼が連句における脇句のことを詠んでいます。脇句は発句に添うもので、けっして出しゃばってはいけません。この作法は、我も我もと前に踏み出てくるような現代俳句の有り様とは逆です。少し後ろに引くことによって発句とともに生きるという姿勢が、山桜に重ね合わせられています。街中に咲くソメイヨシノとは違って、山桜は自然林のなかに混じり咲き、他の木々の美しさまで引き出すかのようです。脇句と山桜の控えめで奥ゆかしい在り方は、そのまま現代の俳句への批判になっているのではないでしょうか。

現代的でありながら古典性をも帯びている。そんな二人の俳句で閉じることができてよかったと思っています。

生者は除く

田中裕明と攝津幸彦で閉じられたのも、五十人の俳人を選ぶにあたってひとつ明確な指針を立てたからでした。生者は除く。亡くなった俳人だけで構成するということです。そうしなければ選出は際限がなくなり、もっと難しくなっていたように思います。必死で考え出した指針です。

先頃、金子兜太という重い存在が亡くなりました（二〇一八年二月二十日）。『近現代詩歌』刊行以前に兜太さんが亡くなっていたら、当然収録しなければいけませんでした。大正十年（一九二一）前後に生まれた重要な俳人はたくさんいます。森澄雄、飯田龍太、佐藤鬼房、金子兜太、さまざまな人たちがいて、戦後に大活躍しました。

梅咲いて庭中に青鮫が来ている　　金子兜太

（『遊牧集』蒼土舎　一九八一年〔昭和五十六〕）

戦争体験がずっと引き続いているんですね。トラック島で鮫に食われて死んでしまった兵士がいて、それが悪夢に出てくるという兜太さんの文章もありました。金子兜太にとっていつも戦争が隣りにある。生きていく際の錘になっている。こういう俳人は他にいませんでした。

猪がきて空気を食べる春の峠　金子兜太　（同右）

生まれ育った秩父の風土を詠う。それが兜太さんのもう一方のテーマでした。「春の峠」という無理な季語の使い方をしていますけれども、晩秋の季語である「猪」を非季語のように登場させているところも面白いです。「おおかみに螢が一つ付いていた」という句も兜太さんにありました。この句の場合も「螢」のほうを季語にして、「おおかみ」は非季語の名詞として使っています。「空気を食べる」とは、飢餓で苦しいような気も、ふざけているような滑稽なような気もしますね。まるで猪や狼が兜太さんの分身という感じもする、アニミズムの句でもあります。

この後、『近現代詩歌』「俳句」に収録しきれなかった俳人にも触れていこうと思います。

文人俳句

先日、池澤夏樹さんと穂村弘さんとぼくでお話ししました（「鼎談　詩歌の愉しみ」『澤』二〇一七年七月号　特集「詩歌に学ぶ」所収）。鼎談の後に穂村さんが、文人俳句はあるけれども、文人短歌はないというふうに言っていました。これは俳句と短歌の違いをあらわす重要な視点です。

文人俳句とは、小説家や詩人、画家などが詠む俳句のことです。文人俳句はあるが、文人短歌はない。俳句は俳人でない文人も詠むが、短歌は歌人しか詠まないというわけですね。芥川龍之介も宮沢賢治も短歌を詠みましたが、文人短歌というジャンルは生まれなかったんです。龍之介も賢治も短歌を詠む際文人特別枠でなく、歌人一般として扱われます。つまり、短歌はより作者と作品が近いということです。文人俳句ということば自体が、作者と俳句との間に距離が置かれていることをあらわしています。

文人俳句は質の低いものから高いものまで幅広くあるんですけれども、俳句の重要な一部を占めるものです。

『近現代詩歌』「俳句」では、尾崎紅葉、芥川龍之介、永井荷風を取り上げました。

春寒や日闌けて美女の嗽ぐ　　尾崎紅葉

（『紅葉句帳』文禄堂書店　一九〇七年〈明治四十〉）

春寒い朝、ようやく日が高くなった頃、美女が起き出して口をすすいでいる。

村山古郷によれば、「良家の子女ではなく、芸妓か、囲い者を連想させる」とのことです。「日闌けて」という時間がもの憂く、「美女の嗽ぐ」が艶やかです。紅葉句の特徴である濃艶趣味を代表する句だと思います。

紅葉は井原西鶴の談林俳諧に学んでいました。一八九〇年（明治二十三）には紫吟社を興し、旧派の俳句を否定して、新派俳句を目指しました。これは子規の俳句革新よりも数年先立ちます。

この句は西鶴に学んだ独自性は捨て、子規派の写実性に近づきますが、しかし子規派にはこのような艶美な句はありません。紅葉の浪漫性と子規の写実性を対比的に見ていくと、両者の句の面白さがより見出されるかもしれません。

炎天や切れても動く蜥蜴の尾　　芥川龍之介

(『芥川竜之介俳句集』岩波文庫　二〇一〇年〔平成二十二〕)

切れ味がいいですね。燃えるような夏空のもと、体から切れてしまってもなお蜥蜴の尾が動いている。不気味な光景が鮮やかに見えてきます。「炎天」と「蜥蜴」という夏の季語が重なっていますが、炎天が主季語で、その命が従季語となる蜥蜴の尾に乗り移って動いているかのようです。「曇天（どんてん）や蝮（まむし）生きゐる罎（びん）の中（なか）」という句も芥川は詠んでいます。

木（こ）がらしや目刺（めざし）にのこる海（うみ）のいろ　　芥川龍之介
(『澄江堂（ちょうこうどう）句集』芥川家　一九二七年〔昭和二〕)

これも切り立ったような感覚がありますね。「木がらしや」が響いて、「目刺にのこる海のいろ」のどこか神経的な色彩感覚がとても鮮やかです。

龍之介句の切れ味は随一だと思います。彼の俳句の認識は深く、一時の高濱虚子よりもこまやかで深いものがありました。ぼくが論じた「文人俳句の神品　芥川龍之介の俳句を読む」(『文藝別冊　芥川龍之介』所載)をお読みいただきたいです。龍之介の俳句の認識と比べると虚子が劣って見えるほどです。しかし、虚子は俳句への思いを長時間持続させていきます。それはもちろんたいしたものです。龍之介の凄みは、自分自身を死に追い込むまでの明晰さだったのかと思ったりします。

葉ざくらや人に知られぬ昼あそび　　永井荷風

（「自選荷風百句」〔『おもかげ』所収〕岩波書店　一九三八年〔昭和十三〕）

桜の花も終わって、葉桜のまぶしい昼。世間の人に知られない密やかな遊びをしています。「昼あそび」とは、待合茶屋に芸妓を呼んで情交することです。淫靡な世界だけれども格調がありますね。葉桜は動かず、その奥の闇に男女の裸体が見えるかのようです。

一見すると何でもないんだけれども、何でもないところに人生が託されている。境涯というものを素材に託して表現している。芭蕉から出発した境涯俳句の流れですが、その至上のものが荷風にあると思います。

寒き日や川に落込む川の水　　永井荷風

（同右）

ぞくっとしませんか。何でもないことのようですが、身震いするような描写力があります。

「寒き日」には、寒い一日と寒い太陽の両義があって、この句ではどちらの意味も兼ねていると感じます。寒々とした太陽が照らす風景に、堕落を重ねている人生と、晩年の孤独とが重ねられているように読めますね。

下駄買うて簞笥の上や年の暮　　永井荷風（同右）

事物を示しただけのように見えますが、とても深いものがあります。新年を待ちわびる思いを簞笥の上の下駄に託して、庶民の悲しみや歓びを無理なく詠みおろしていますね。あくまで具体的なんです。「初霜や物干竿の節の上」という句も荷風は詠んでいます。
建築家の中村好文さんに「荷風百句」のコピーを製本したものを見せてもらったことがあります。旅に出る時にはこれを鞄に入れておくのだそうです。車中や宿で読むのでしょう。とてもよい旅になりそうだと思いますね。
『近現代詩歌』「俳句」に収めきれなかったのは、夏目漱石と室生犀星です。

有る程の菊抛げ入れよ棺の中　　夏目漱石

鵜飼名を勘作と申し哀れ也　　夏目漱石

（『漱石全集　第十巻』漱石全集刊行会　一九二四年〔大正十三〕）

「有る程の」の句は、追悼句。強い悼み心が感じられます。「鵜飼名を」の句も物語が始まるようです。漱石の句は広い奥行きがありますね。情が濃いのも特徴ですね。漱石は子規の親友でありライバルでした。文人俳句の章に入れたいところでした。

新年の山見て居ればばかり雪ばかり

新年の山見て居れば雪ばかり　　室生犀星

（『犀星発句集』野田書房　一九三六年〔昭和十一〕）

ゆきふるといひしばかりの人しづか　　室生犀星

（『花霙』豊国社　一九四一年〔昭和十六〕）

なにげない句なんですけれども、山の雪や雪の夜の人を巧みに見せてくれます。金沢で詠まれた句で、その土地へ句とともに連れられていく感じもあります。犀星は小説も詩も句も書いた人で、詩情に厚みがありますよね。

犀星は龍之介と親しく、これも犀星か龍之介かと悩みました。けっきょく龍之介を入集させましたが、犀星も惜しまれます。

石楠

「石楠（しゃくなげ）」は臼田亜浪（うすだあろう）が一九一五年（大正四）に主宰し、反「ホトトギス」として存在した貴重な結社です。『近現代詩歌』には、亜浪門で「濱」を主宰した大野林火（おおのりんか）を取り上げました。大野林火は現代では少し忘れられているところがありますけれども、抒情と描写のバランスに堪らないものがあって、これぞ俳句だという読み応えがあります。

本買（ほんか）へば表紙（ひょうし）が匂（にお）ふ雪（ゆき）の暮（くれ）　　大野林火
（『海門（かいもん）』交蘭社　一九三九年〔昭和十四〕）

雪の夕暮れに電灯のもと、書店で包んでもらった新刊書の包装をほどいています。表紙が「匂ふ」というのが視覚的にも嗅覚的にも働いて、抒情が漂っていますね。また書物文化への憧れも示されています。あたりは降る雪に静まりかえり、人恋しさが募るなかで、本というものがこれほどまでに魅力的な物質であるかと物語っている句でもあります。

ねむりても旅(たび)の花火(はなび)の胸(むね)にひらく

大野林火
(『冬雁(ふゆかり)』七洋社 一九四八年〔昭和二十三〕)

これは夢の中の花火なんですけれども、戦後初めて見た花火の記憶を詠んでいます。目の前にある花火ではなく、記憶にしまわれた過日の花火。この時間の差は珍しい句の在り方です。回想ですが、もちろん有季の句です。
「石楠」の流れから取り上げるのは林火か亜浪か、悩んだところでした。句の巧さから言えば林火ですが、詠まれた自然の濃さから言えば圧倒的に亜浪です。ぼくの選択は間違っていたのではないかと、少し後悔したりもしております。

白(はく)れむの的皪(てきれき)と我(わ)が朝(あさ)は来(き)ぬ

臼田亜浪
(『臼田亜浪全句集』臼田亜浪全句集刊行会 一九七七年〔昭和五十二〕)

白木蓮が的皪と咲いている。私の朝は来たのだ。
叙情的であるとともに、白木蓮そのものの描写でもあります。花びらがくっきりと強く見えるようですよね。「的皪」ということばの選択が絶妙で、白木蓮の花弁の厚さや白さをみごとに言いあらわしています。白木蓮の句としても、的皪ということばを使った句としても、これ以上のものはありません。自然が直に迫ってくるのが亜浪の俳句の魅力です。

ぴほぴぴほぴと木の芽誘ひの雨の鵯　臼田亜浪
（『白道』北信書房　一九四六年〔昭和二十一〕）

「ぴほぴぴほぴ」という擬音が楽しいですね。木の芽を誘うような雨の日に鵯がぴほぴぴほぴ鳴いている。よく聴き取っています。木の芽を誘い出したのは、春という季節だけでなく、鵯の声でもあったかもしれませんね。アニミズム的な強さのある句です。

万太郎系

ことに久保田万太郎の系譜の俳人を取り上げています。ぼくはふらんす堂のホームページで「万太郎の一句」を連載したことがあり（『万太郎の一句』所収　ふらんす堂）、それを通して万太郎がひじょうに好きになってしまいました。万太郎の俳句の中には、写生を越えたものがあります。万太郎は物を書くのではなく空間を書く。空間に満ちているエーテルみたいなものをそのまま捉えるのです。「ホトトギス」の写生の先に万太郎俳句があるのではないかという気さえします。

冬の灯のいきなりつきしあかるさよ　久保田万太郎

（『久保田万太郎句集』三田文学出版部　一九四二年〔昭和十七〕）

冬の灯がいきなりともった。ただひたすらにあかるい。ただ空間だけを描いているのに、充実していますよね。「まぶしさよ」ではなく「あかるさよ」と踏みとどまったところがすばらしいです。「まぶしさ」は作者が感じることであり、すると作品世界に作者の存在が出張ってきてしまう。「あかるさ」は空間そのものです。作者は一歩引いている。この姿勢がとても尊いのです。

何もかもあつけらかんと西日中　久保田万太郎

（『これやこの』生活社　一九四六年〔昭和二十一〕）

この句の前書に「終戦」とあります。国が破れ、強烈な日差にすべてのものがさらされている。戦争からの解放感を描くだけでなく、神秘的なものが何ひとつなくなってしまったように見える戦後日本の本質をえぐり出しているかのようです。事物をありのままに描くという写生派を越え、また新興俳句の抒情とも異なっていて、新しい境地をひらいた句だと思っています。

この系統として、増田龍雨と下村槐太の句を『近現代詩歌』「俳句」に収めました。龍雨は万太郎よりも年上だけれども、万太郎に師事しました。また正岡子規が撲滅しようとした旧派のひとつ、雪中庵の十二代目宗匠でした。

ひめはじめ八重垣つくる深雪かな　　増田龍雨
（『龍雨俳句集』四條書房　一九三三年〔昭和八〕）

『古事記』の「八雲立つ出雲八重垣妻籠みに八重垣作るその八重垣を」を本歌取りしています。万太郎にも「竹馬やいろはにほへとちり〴〵に」（『道芝』友善堂　一九二七年）という句があり、これは広瀬武夫中佐作の軍歌「今なるぞ節」の本歌取りです。正岡子規は本歌取りを否定して写生を唱道しました。子規が否定した可能性を生かしていく、その方向性を示したのが万太郎系の人たちです。

ぼく以外の方が選者であれば、増田龍雨や下村槐太を選ばなかったのではないかと思います。ここに『近現代詩歌』「俳句」の特色があるかもしれません。

ただ、万太郎の師匠筋を入れなかったのが悔やまれるところです。万太郎の師匠は二人、松根東洋城と岡本松浜がいます。

絶壁に眉つけて飲む清水かな　　松根東洋城

（『東洋城全句集　上巻』東洋城全句集刊行会　一九六六年（昭和四十一））

山登りをしていて、岸壁に湧き出る水を飲もうと体を支えながら顔を押しつけています。眉で絶壁を感じているところが凄いですよね。

黛を濃うせよ草は芳しき　　松根東洋城　（同右）

恋の歌です。女性に呼びかけています。かつて眉の薄い女性は薄幸だと言われていました。口語訳をすれば、「眉を濃く描きなさい、もう草も芳しい春なのだから」そのように訴えることで、自分のほうへと誘っています。女性の艶かしさが引き出されているようにも読めます。東洋城は才能だけでなく美形としても知られているようです。石川桂郎の『俳人風狂列伝』によれば、彼の女性に対する態度はかなり問題があったようですが、この恋の句は浪漫的な魅力がありますね。

夢の如くがゞんぼ来たり膝がしら　　岡本松浜

（『白菊』私家版　一九四一年〔昭和十六〕）

ががんぼとはこういうものですよね。大きな蚊のような姿をしていますけれども、少しぶつけただけで足が根本からばらばらと落ちてしまいます。夢のように壊れやすい存在ですね。松浜自身が生への執着が淡い人だったのではないかと思われますが、作家自身の姿が映されたようでもあります。

短夜の蛾が死んで居り盃洗に　　岡本松浜

（同右）

色里で目覚めたら、酒を酌み交わして洗う盃洗に蛾が死んでいるのに気がついた。夢と現実の間で見ているような光景ですね。この夢うつつの情趣も万太郎に流れ込んでいます。

ところで、近代俳句で評判が悪い俳人というと、まずは小野蕪子の名が挙がります。蕪子は戦争中に新興俳句弾圧をしていろいろな人を獄に送り、新興俳句を撲滅した可能性があると言われています。その次に評判が悪いのが松浜じゃないかと思うんです。松浜は「ホトトギス」の発行所に勤めていて、あろうことか金庫の金を競馬で使い込んでしまった。そのことが発覚して「ホトトギス」にいられなくなり、関西に去りました。

東洋城と松浜にはともに醜聞がつきまといますが、残した俳句はすばらしく、ともに万太郎に流れ込んでいるものがあります。ぼくにとってますます重い存在になりつつあります。

他に二人、籾山梓月と長谷川春草を紹介します。

ばい打や盥の上の浮世蓙　　籾山梓月

双六や眼にもとまらぬ幾山河　　籾山梓月

（『江戸庵句集』籾山書店　一九一六年〔大正五〕）

ゆく春やうつろの甕を草の上　　長谷川春草

川波や秋風吹けるひとところ　　長谷川春草

（『長谷川春草句集』さつき発行所　一九三六年〔昭和十一〕）

梓月の句は二句ともに遊びの上に人生を感じ取っています。俗な材料を品格をもって詠っていることが驚きです。

春草はあまり知名度が高くないですが、渡邊水巴の門人で、籾山梓月の近くにいました。句集の序文を万太郎が書いています。職業は居酒屋の店主だったそうで、俳句の他に詩も嗜（たしな）み、詩画集『水のふるさと』も残しています。

春草の句は無理がなく、ゆったりと詠んでいますね。「ゆく春や」の句の「うつろの甕」の中には酒が入っていたのでしょう。ゆっくり酒を楽しみ春を惜しんでいるのです。飲んでしまった酒も惜しんでいるのでしょう。「川波」の句の「秋風」もよく見える。そして、さびしい。近代俳句で好きな俳人を今一人だけ挙げよと言われたら、ぼくは長谷川春草を選びます。それくらい好きな俳人です。

専門俳人の句は読んでいてどうしても疲れるところがある。良寛（りょうかん）が好きではないものが三つあるとして、歌詠みの歌、書家の書、料理屋の料理を挙げています。専門家には実は最高のものは作れないということを言っているんですね。これはもちろん文人俳句論にもなるのですが、市井（しせい）に生きる人の俳句のよさにも言えると思うのです。そのよさが春草の句によくあらわれていると思うのです。

ホトトギス

子規・虚子ら「ホトトギス」の業績は有無を言わさぬほどに大きいものです。とりわけ虚子が「雑詠(ざつえい)」というシステムを発明したのが画期的でした。日本は北から南まで長い土地で、気象や文化が地域ごとに微妙に異なります。そこで統一した題を出してしまったら不公平になるということで、題を取り払って競わせました。その虚子選雑詠欄のなかからさまざまな秀才が出てきました。

いま落(お)ちし氷柱(つらら)が海(うみ)に透(す)けてをり

橋本鶏二(はしもとけいじ)

(『鷹の胸』牧羊社 一九八一年〔昭和五十六〕)

読むたびに驚かされる句です。いま落ちた氷柱が海の上に透けている。とてもありえない驚異的な光景なんですけれども、鋭く美しいですね。戦後「ホトトギス」の高み、写生の究極がこの一句にはあると思います。近代俳句から一句、今日の気分で選ぶとしたらこの句を選びます。

五十人の一人に鶏二は入れなかったんです。京極杞陽と鶏二のどちらにするか、迷った末に杞陽にしました。杞陽のはちゃめちゃな面白さを捨てるのが惜しかったんですよね。鶏二を含め、『近現代詩歌』「俳句」に収めきれなかった四人の句をご紹介します。

滝の上に水現れて落ちにけり　後藤夜半

涅槃図にまやぶにんとぞ読まれける　後藤夜半

（『翠黛』三省堂　一九四〇年〔昭和十五〕）

かほに塗るものにも黴の来りけり　森川暁水

月のものありてあはれや風邪の妻　森川暁水

（『黴』暁水句集『黴』刊行会　一九三七年〔昭和十二〕）

しづかなるいちにちなりし障子かな　長谷川素逝

暮れてゆくくらさへ雪の畝ならぶ　長谷川素逝

（『定本素逝集』臼井書房　一九四七年〔昭和二十二〕）

鷹匠の指さしこみし鷹の胸　橋本鶏二

（『鷹の胸』牧羊社　一九八一年〔昭和五十六〕）

夜半の滝の句の水の存在感は確かなものです。涅槃図の句は、涅槃図の絵の中に名前が書いてあるわけです。そこに釈迦の母である「まやぶにん」の文字を読み取ったというわけです。母のなつかしさが託されているかもしれません。

暁水の「かほに塗るもの」とは白粉(おしろい)でしょうか。そこにまで黴が来た。梅雨の湿気と背景の貧しさを感じます。「月のもの」が風邪に加えて来たというのです。気の毒がっているわけです。異色の妻の句ですね。

素逝の「しづかなる」は平穏な生活をかえりみている。「障子」という冬の季語がよく上(かみ)五中(なか)七を受け止めています。精神の緊張というか張りが感じられるのです。「暮れてゆく」も、闇が濃くなっていく中の雪が積もった畑の中の畝が印象的です。

鶏二の「鷹匠の」、鷹の胸と指との関わりがみごとに描き出されました。「指」を出したことによって、鷹の胸に指を差し込んだ感触まで追体験できる気がするんですね。

新興俳句

近代日本における新しい俳句の運動は、すべて反虚子の運動でした。反虚子でない運動が一切なかったというのは、逆に虚子の巨大さを物語っています。いくつも運動が起きましたが、どれもいつの間にか消えて、そして虚子だけが生き残りました。
新興俳句のリーダー、秋櫻子、誓子は「ホトトギス」の俊秀でもありました。秋櫻子、誓子は後に新興俳句からは離脱します。新興俳句からは、西東三鬼、日野草城、渡辺白泉、富澤赤黄男を『近現代詩歌』「俳句」に収録しました。いま並べた四人の名はそのまま俳諧性から詩性へのグラデーションにもなっています。三鬼が俳諧性の極であり、詩性が薄い。赤黄男は詩性の極であり、俳諧性が薄い。この濃淡に着目して読んでいただいても面白いと思います。

水枕ガバリと寒い海がある　　西東三鬼
（『旗』三省堂　一九四〇年〔昭和十五〕）

頭を動かした際の水枕のガバリという音から、波音を想起し、そして荒波のうちよせる寒い海を立ち上げていますね。現実の「水枕」と幻想の「寒い海」が二重になっていますね。現実を描く写生俳句とは違う、新興俳句の特徴があります。三鬼開眼の一句です。

首のない孤獨　鷄　疾走るかな　　富澤赤黄男

（『黙示』俳句評論社　一九六一年〈昭和三十六〉）

人間は首を失ってもなお、孤独を生きないといけないのか。「首のない孤獨」ということばがまず問いかけてきます。次に「鶏」が現れて、首を切られても、疾走しつづけるイメージへと変化します。また字足らずと分かち書きとによって、深い欠落感が表現されていますね。赤黄男にはあえて季語を入れない無季俳句の迫力を感じます。

新興俳句枠に収めきれなかった高屋窓秋の句をご覧いただきます。

頭の中で白い夏野となつてゐる　　高屋窓秋
ちるさくら海あをければ海へちる　　高屋窓秋

（『白い夏野』龍星閣　一九三六年〈昭和十一〉）

「頭の中で」の句、写生句とは眼前のものを描いた句でした。ところが、この句は頭の中の風景を描いています。そういう意味で新しかったわけです。「ちるさくら」の句にも実景というよりも琳派の絵のような作為的な色彩の鮮やかさを感じます。

天狼

「天狼（てんろう）」は山口誓子が主宰した結社であり、同名の俳誌を刊行しました。「天狼」からは山口誓子と橋本多佳子（はしもとたかこ）を収録しました。西東三鬼もいましたが、すでに新興俳句の項で紹介しました。実のところ、橋本多佳子と平畑静塔（ひらはたせいとう）とで迷いました。「天狼」の代表俳人というと静塔かもしれませんが、『近現代詩歌』「俳句」は女性俳句をどれだけ入れられるかというテーマがぼくにはあり、多佳子を選んだことに後悔はありません。

多佳子は激しい叙情性と即物的な描写を響き合わせた句を詠みます。特に叙情性と即物性とがかたく結びついている点は捨てがたいものがあります。

雪（ゆき）の日（ひ）の浴身（よくしん）一指（いっし）一趾（いっし）愛（かな）し　　橋本多佳子

（『命終（みょうじゅう）』角川書店　一九六五年〔昭和四十〕）

多佳子の最晩年の句です。最後の入院の前に短冊に残されました。自分の身をすみずみまで清め、惜しんでいます。「浴身」「一指」「一趾」と名詞が三つ並ぶのは異例なこと、すすり泣いているかのようです。同時に書かれた句に「雪はげし書き遺すこと何ぞ多き」もあります。

収められなかった静塔の句をご覧いただきます。

藁塚に一つの強き棒挿さる　平畑静塔

わが仔猫神父の黒き裾に乗る　平畑静塔

（『月下の俘虜』酩酊社　一九五五年〔昭和三十〕）

「藁塚に」の句、藁塚の心棒が詠まれています。存在感が強烈です。「わが仔猫」の句、かわいいですが、それだけではない。裾の上に確かな「もの」として乗っていますね。

社会性俳句

戦後の社会性俳句の代表として鈴木六林男を選びました。フランス文学者である桑原武夫の「第二芸術――現代俳句について」（『世界』一九四六年十一月号所収）という挑発的な論文がありました。俳句は現代の人生を表現しえない社会性のない芸術だという主旨で、俳句を第二芸術と称したわけです。これに対抗するかたちで、俳句が社会性のある題材を詠おうという運動がありました。その作者たちの中から『近現代詩歌』「俳句」に収録したのは、鈴木六林男です。

寒光の万のレールを渡り勤む

鈴木六林男

（『第三突堤』風発行所 一九五七年〔昭和三十二〕）

「吹田操車場」六十句の巻頭句です。職場を歩き回りながら、昼夜の別なく貨車を捌いている労働者を描いています。「寒光」が冬の新しい季語ですが、かたい語感で労働者の緊張感も感じさせますね。「万のレール」で、総延長一二五キロ、総面積七六万平方メートルの職場の広さを表現しています。社会性俳句の代表作です。

社会性俳句は単に現実の社会と向き合っているだけではなく、詩的な高さをもちうる。それを証明するかのような二句をご紹介します。

わが死後の乗換駅の潦

鈴木六林男

（『桜島』アド・ライフ社 一九七五年〔昭和五十〕）

無季の句です。「潦」はみずたまりのことです。死の世界に季節はありません。季節とは生きていて感じるものなんですね。すぐれた無季の句は、有季の意義まで照らし出します。

天上も淋しからんに燕子花

鈴木六林男

（『國境』湯川書房 一九七七年〔昭和五十二〕）

地上に寂しさが満ちているかぎり、地上の人がいずれ行く天上も寂しい世界かもしれません。華やかな燕子花に天上を思い、いまここが天上なのか地上なのかわからなくなっている感じがあります。戦場など地獄を詠んできた六林男に、この句があることによって救われる気がします。

『近現代詩歌』「俳句」に収められませんでしたが、六林男に匹敵する社会性俳句の作家をご紹介します。

霜掃きし箒しばらくして倒る

能村登四郎

鳥食に似てひとりなる夜食かな

能村登四郎
（『長嘯』角川書店 一九九二年（平成四））

「霜掃きし」の句、ただごとのようで、ふしぎな味わいがあります。箒が倒れるのは、霜を掃いたせいでしょうか。「鳥食に似て」はみごとな自画像。小食ということなのですが、「鳥食」と言われると不思議なあじわいが生まれます。二句ともに社会性俳句を経過した後の句になりますが、俳句の滋味をたっぷり含んでいます。

毛皮はぐ日中桜満開に

佐藤鬼房
（『名もなき日夜』梟の会 一九五一年（昭和二十六））

陰に生る麦尊けれ青山河

佐藤鬼房
（『地楡』ぬ書房 一九七五年（昭和五十））

「毛皮はぐ」の句は、桜という日本の美意識の頂点とも云うべき花になまぐさい「毛皮はぐ」という作業を取り合わせています。京都中心の美意識とは違う東北の生活感覚を打ち出しているとも言えます。「陰に生る」は神話のオオゲツヒメに取材しています。こちらも京都の美意識よりも古いところを探ろうとしています。大きな句ですね。

ぼくは登四郎と鬼房には会っています。お二人に可愛がっていただいたという記憶もあります。だからこそ会ったことのない六林男を選んだ気もします。身贔屓(みびいき)を避ける意識があったのだと思います。この選択が正しかったのかどうかわかりません。

女性俳句

先ほども申しましたが、女性俳句をどれだけ入れられるかというテーマがありました。結局は五人しか入れられませんでした。杉田久女(すぎたひさじょ)、中村汀女(なかむらていじょ)、星野立子(ほしのたつこ)、橋本多佳子、桂信子(かつらのぶこ)です。考えた末の五人であり、動かしようのない五人ではありますけれども、まだまだ選びたい女性俳句があります。

俳句の巨人に四Sがいて、その対として女性俳句には四T(よんティー)がいます。中村汀女、星野立子、橋本多佳子、三橋鷹女(みつはしたかじょ)です。『近現代詩歌』「俳句」は鷹女を外してしまったのですが、鷹女を入れると新興俳句の分量が多くなると考えての判断でした。同じような理由で外したのが、阿部みどり女でした。みどり女を入れると「ホトトギス」の色が濃くなりすぎると考えました。

最後になりますが、『近現代詩歌』「俳句」で紹介しきれなかった女性俳句の作品をご覧いただきます。

牝去れば枯芝の犬皆去れり　阿部みどり女
（『光陰』駒草発行所　一九五九年〔昭和三十四〕）

九十の端を忘れ春を待つ　阿部みどり女
（『月下美人』五月書房　一九七七年〔昭和五十二〕）

「牝去れば」の句は、犬の本能の率直さが、みごとに書きつけられています。「枯芝」という場所もよく効いています。「九十の」の句は、老いの実感があるような気がします。「端を忘れ」るからこそ、九十代まで生きられたのかもしれません。「春を待」っているのも若々しさを感じます。

汗臭き鈍の男の群に伍す　竹下しづの女

緑蔭や矢を獲ては鳴る白き的　竹下しづの女
（『颱』三省堂　一九四〇年〔昭和十五〕）

「汗臭き」の句は、労働の句。無能な男性たちと働くつらさが書かれています。女性としての誇りをもって働いていることが、誇らしく書かれています。「緑蔭や」の句は、矢が的に当たった瞬間を捉えています。的が矢を獲たという発想にも驚かされました。

羽子板の重きが嬉し突かで立つ　　長谷川かな女
（『雨月』水明発行所　一九三九年〈昭和十四〉）

西鶴の女みな死ぬ夜の秋　　長谷川かな女
（『胡笛』水明発行所　一九五五年〈昭和三十〉）

「羽子板の」の句は、羽子板を初めて手にした際の喜びが即物的に捉えられています。「重きが」で作中主体の幼さも感じさせています。「西鶴の女」は西鶴の浮世草子『好色五人女』の主人公たちでしょう。「夜の秋」という涼気を感じる季語が絶妙です。

冬ざれやものを言ひしは籠の鳥　　高橋淡路女

天上の恋をうらやみ星祭　　高橋淡路女

（『梶の葉』雲母社　一九三七年〔昭和十二〕）

「冬ざれや」の句は、飼っている鳥のことばに驚いています。人間のことばに飢えているということでしょう。「天上の」の句は、ストレートな七夕です。恋の機会の無さを嘆いていますす。さびしい二句ですね。

ひるがほに電流かよひゐはせぬか　　三橋鷹女

夏痩せて嫌ひなものは嫌ひなり　　三橋鷹女

（『向日葵』三省堂　一九四〇年〔昭和十五〕）

「ひるがほに」の句、昼顔の花に電流を感じている感覚の鋭さ。「夏痩せて」の句、だだをこねるような断言に魅力があります。大胆ですね。

そら豆はまことに青き味したり　　細見綾子

鶏頭を三尺離れもの思ふ　　細見綾子

（『桃は八重』倭鳥社　一九四二年〔昭和十七〕）

（『冬薔薇』風発行所　一九五二年〈昭和二十七〉）

「そら豆」の句の味覚と視覚の共感覚の魅力。「鶏頭を」の句の「三尺」の頃のよさ。鶏頭という花の存在感の大きさが印象的です。

この枯(か)れに胸(むね)の火(ひ)放(はな)ちなば燃(も)えむ　稲垣きくの

（『冬濤』牧羊社　一九六六年〈昭和四十一〉）

観潮船(かんちょうせん)揺(ゆ)れてよろけて気(き)はたしか　稲垣きくの

（『冬濤以後』牧羊社　一九七〇年〈昭和四十五〉）

「この枯れに」の句、俳句における叙情性の最大に発揮された句かもしれません。はげしい思いが書きつけられています。「観潮船」の句、波にゆすぶられる船上ですが、「気はたしか」にユーモアも感じられます。

金屏風(きんびょうぶ)何(な)んとすばやくたたむこと　飯島晴子

八頭(やつがしら)いづこより刃(は)を入(い)るるとも　飯島晴子

（『八頭』永田書房　一九八五年〈昭和六十〉）

「金屏風」の句、宴会が果てて、金屏風が片づけられていく様子です。この速度と光の変化が魅力です。「八頭」の句、大きな里芋の存在感がみごと、「やつがしら」ということばの恰幅も生かしきっています。

今まで掲げてきたような俳句、俳人を掲載する可能性もありました。ですから、近現代俳句の代表者としてぼくが選んだ五十人、これは流動的なものと言えます。ぼくはこの仕事をもとにして、さらに精度を上げたアンソロジーを作ってみたいと思います。俳句の歴史の周辺に埋もれている俳人たちも見つけていきたい、と思っています。

質疑応答

【質問１】詩歌は平和的創作活動だと言われます。小澤さんは俳句を通じて何をお伝えになりたいですか。

ずしんとくる質問ですね。先ほど、俳句は文語詩であり、切字や旧仮名が生きる詩であると申し上げました。その形式は歴史的存在であり時代遅れなものですけれども、その分だけ祈りが込められているのではないか、と考えています。五七五は天地を結ぶ型であり、そこに古くから使われて来た季語をはじめとすることばが乗る。この詩型そのものに、天地が平穏であれ、人々が安らかであれ、という祈りが含まれていると思うのです。俳句のアナクロニックな性格と平和的創作活動とは重なっていると言っていいと思います。古来からの形式を大事にする。これこそが俳句の本質ではないかと思うのです。ただ、俳人たち自身もこれに気づいていないかもしれません。

【質問2】小澤さんと小説家の田辺聖子さんがお話しされたときに、小説を書いていると自分の体から死臭がしてくると田辺さんがおっしゃいました。それに対して、俳句は生きる方向に向かっていくとお二人がお話しされていました。同じ文学でありながら、散文と詩歌にその違いがあるのでしょうか。それとも俳句だけが特殊なものなんでしょうか。

小説を書くのは命を削られるもので、書けば書くほど衰弱するというところがあると思います。一方俳句には、書いた俳句に励まされて何とか生きられるというところがある。それをまさに生きたのは正岡子規ですね。カリエスで大変な痛みに苦しみながら、それでも二十数巻の全集になる仕事をしました。俳句というものが人を救う力をもっているからではないでしょうか。

瀬戸内寂聴さんが星野立子賞を二〇一八年（平成三十）に受賞したとき、もう小説は書けないけれども俳句を書いていきたい、そして句集を三冊出したいとおっしゃっていました。小説は持続的なエネルギーが必要です。登場人物を統一しなければいけないし、物語を破綻させてもいけない。それに比べると俳句はある意味いいかげんなもので、昨日の自分は忘れて、今日の自分で始められる。だからちょっと病気になっても呆けてきても、俳句ならできます。それは俳句の強みだとも思います。

【質問3】今回のアンソロジーで無季俳句をいくつか取り上げていますね。小澤さんの立場としては、有季定型を支持する俳句協会の役職でいらっしゃるし、そのような主張もされていると思います。無季俳句について、どのように考えていらっしゃいますか。

ぼくは句作の立場としては断固有季定型です。おそらく作ったすべての句に季語を入れてきたと思います。季語に魅了されてきた人生と言っていいとも思います。ただ同時に俳句の歴史のなかで無季俳句はひじょうに重要だと考えています。私は芭蕉が大好きで、『去来抄(きょらいしょう)』に記録されている芭蕉のことば、「発句も四季のみならず、恋、旅、名所、離別等、無季の句もありたきものなり」を重く受け止めています。芭蕉は俳句の可能性をさまざまに追求しましたが、そのなかに無季俳句への挑戦がありました。名所の句に秀作があります。「歩行(かち)ならば杖つき坂を落馬哉」は日本武尊(やまとたけるのみこと)の旧跡「杖突坂」で、尊を偲んでいる名句です。無季の実験があったことによって、かえって有季の秀句が際立ってくるように感じます。

近代俳句では日野草城に無季の句があります。「見え眼の方の眼鏡の玉も拭く」。病床の句ですね。見える目のほうの眼鏡の玉だけでなく、見えなくなってしまったほうの玉も拭く。無季の句は、あえて季語を入れないことで、季語が強い生を含んでいるということを照らし出していると思うんです。

ぼく個人としては、無季俳句の存在は、けっして季語に反するものではないと考えています。季語の世界をより輝かせるものとして存在していると捉えています。

【質問4】近頃、私の小学生の娘が五七五遊びをしています。私の母が俳句をやっている影響なのですが、子どもにもっと俳句を身近に感じてもらえるよう誘導したいです。何をすればいいでしょうか。

小学生の頃から俳句に親しむとは、おじょうさま、すばらしいですね。五七五遊び楽しそうです。たとえば、このアンソロジーからあなたの好きな句を選んで、それを口語訳とともに、ぜひ声に出して読んでさしあげてください。俳句には、「読む」という目からの入り方と、「聴く」という耳からの入り方とがあって、聴く俳句は、頭にさっと入ってくるし、記憶しやすいものなんです。これは披講、講評のある句会のよろしさにも通じます。

生活の中に句があるというのはすばらしいことです。親子三代で、俳句を愉しまれてください。

【補記】

「掌のうた」という連載をもっています。近現代俳句の俳人たちを書き継いできました。『新潮45』で連載してきて、その休刊とともに『波』で連載を続けています。こちらもお読みいただければ幸いです。

近現代詩

歌から詩へ　耳で聴く言葉の愉しみ

池澤夏樹

詩の多い文学全集

まず申し上げますが、「池澤夏樹＝個人編集　日本文学全集」には詩がとても多い。他の文学全集よりもずっと多いでしょうね。それはぼくが詩が好きで、自分でも少しは書いてきて、小説や評論よりも詩歌に気持ちが向いているからだと思います。

全三十巻のリストを見渡してみますと、まず第一巻『古事記』にずいぶん歌謡が入っています。『古事記』は神話、伝説、歌謡、系図などからなる文学作品で、歌謡もたくさん入っている。次に、第二巻『口訳万葉集／百人一首／新々百人一首』は、まるまる全部が詩です。第三巻『竹取物語／伊勢物語／堤中納言物語／土左日記／更級(さらしな)日記』のうち、『伊勢物語』は歌物語ですね。第四、五、六巻『源氏物語』にも和歌が多く入っています。『源氏物語』がすごいのは、紫式部が一人の歌人として歌を詠んだのではなくて、この人がこの状況だったらこんな歌を詠むだろうと、作中人物に合わせて詠み分けたところです。いわば捏造の歌ですね。そこが大変におもしろい。第十二巻『松尾芭蕉(まつおばしょう)　おくのほそ道／与謝蕪村(よさぶそん)／小林一(こばやしいっ)

茶／とくとく歌仙』も一冊まるごと詩歌です。第十四巻『南方熊楠／柳田國男／折口信夫／宮本常一』には、柳田國男の「最上川の歌仙」という解釈があります。俳諧は生活感が大事なもので、その点で民俗学と大変に近いんですね。第十六巻『宮沢賢治／中島敦』ですが、宮沢賢治の半分くらいは詩です。賢治はまずもって詩人だったことがわかる巻になっていると思います。第二十四巻『石牟礼道子』にも詩をずいぶん入れました。この第二十九巻『近現代詩歌』は、その名のとおりです。そして第三十巻『日本語のために』には漢詩や琉歌などを入れました。

というわけで、詩の含有率が高い文学全集になりました。今様や江戸小唄などが入らなかったことを悔やむ気持ちもあるのですが、それにしてもたくさんの歌をよく拾ったと思っています。

日本の詩歌の歴史

来月（二〇一八年九月）、クロアチアとハンガリーに行ってきます。俳句について講演をしてほしいと呼ばれました。ぼくは俳句の実作者ではないからと言ったのだけど、それでもいいからと言われて、断る理由がなくなってしまいました。日本文学史のなかで、どうやって俳句が出てきたかを話そうと考えています。講演タイトルは「俳句 どうしてこんなに短いの?」。五七五、十七音というのは驚くべき短さですよね。十七音まで短くなるに至った長い歴史があり、十七音で豊かな表現をするためのさまざまな仕掛けがある。それを東ヨーロッパでお話しするのですが、その予習を兼ねて、これからお話ししてみようと思います。

古代から日本人は詩を作ってきました。もともと詩は歌でした。必ず節(ふし)がついているということです。『古事記』の時代、歌は一人のものではなく、皆で共有するものでした。誰かが歌を作って、それを皆の前で披露する。あるいは、誰かが作った歌を、皆で少しずつ磨いて完成にもっていく。その歌には節がついていて、宴会の場で歌われた。そこに所作がついていることもあって、踊ったり演じたりもしていた。そのように歌は賑やかなものでした。

宴会の場面が『古事記』にはとても多いです。宴会のことを「とよのあかり」と言いますけれども、誰かが歌って、皆が手拍子を打って囃(はや)し立て、大いに楽しんだ。ですから、『古事記』では歌謡が出てくるたびに、節や振りが指定してあります。『古事記』に出てくる歌は、天皇を讃える歌や、恋の歌、悲劇的な歌、問答などさまざまですが、どれも個人の表現というものではなく、皆で共有されるものでした。とても祝祭的です。

そのように歌は生まれ、人々のあいだで推敲され、愛誦され、記憶され、続いていました。その歌を太安万侶(おおのやすまろ)が『古事記』という形で文字に固定したのは、ずいぶんと時間がたってからのことです。『古事記』を読むと、いかにも作中人物がその場で歌をこしらえたように書かれていますが、実際には『古事記』にまとめられる前から、民間に伝わる歌がたくさんあって、それを太安万侶はたくさん集めて物語にはめこんだ。自分が知っている歌がお話に出てくると、読者は嬉しいものですよね。だから太安万侶は皆の歌をおさめたのです。『古事記』の頃から、歌のバリエーションは豊かでした。

倭(やまと)は　国のまほろば
たたなづく　青垣(あをかき)
山隠(やまごも)れる　倭しうるはし

倭は囲まれた国、山々は青い垣のように居並び、
その山々に守られて倭はうるわしい国。

（『古事記』池澤夏樹訳『池澤夏樹＝個人編集　日本文学全集01』※以下、池澤訳）

このヤマトタケルの歌は、個人の感情のこもった叙情的な歌です。そこに為政者の国見(くにみ)という呪術的なふるまいの姿勢が少し入っている。

対して、八千矛神（ヤチホコのカミ）の恋の歌は滑稽です。八千矛神は沼河比売（ヌナカハヒメ）を口説きに行くんだけれども、沼河比売は扉を開けてくれず、押してもだめ、引いてもだめ。焦っているうちに明け方になり、生意気な鳥が鳴きはじめる。この場面はとても長くて、おそらく所作をつけて面白おかしく演じられ、皆で笑い転げたのでしょう。

太刀（たち）が緒（を）も　いまだ解かずて
襲（おすひ）をも　いまだ解かね（ば）
嬢子（をとめ）の　寝（な）すや板戸を
押そぶらひ　我（わ）が立たせれば
引（ひ）こづらひ　我が立たせれば
青山（あをやま）に　鵺（ぬえ）は鳴きぬ
さ野つ鳥　雉（きぎし）はとよむ
庭つ鳥　鶏（かけ）は鳴く
慨（うれた）くも　鳴くなる鳥か

（ヤチホコは）太刀（たち）の紐も解かないうちに、被り物もまだ脱がないうちに、乙女の寝る家の板戸の前に立って押し揺すぶっても、立って何度引いても、（返事はない、そのうちに）青々と茂った山で鵺は鳴くし、野原では雉が大声を出すし、庭の鳥である鶏まで鳴き出した。いまいましくも鳴く鳥どもだ。（池澤訳）

『万葉集』の時代になると、大半は今の和歌と同じ形式ですけれども、そこに長歌も交えています。なぜ日本人は、五音と七音をくりかえすという韻律に、これほど惹かれるつづけるのか。歌の内容は変わっても、韻律は変わりません。不思議なことだけれど、今なお逃れようがないんですね。近現代になって七五調を脱却しようと努力したのですが、やはり五音と七音が響いてしまう。『万葉集』の時代から、今の警察が作る標語まで、五七五がついてまわっています。

『万葉集』は雄略天皇の歌から始まります。雄略天皇は『古事記』にも出てくる人物です。折口信夫による現代語訳を読んでみましょう。

雄略天皇の御代

天皇御製

籠もよ、み籠持ち、鏝もよ、み鏝持ち、この岡に菜つます子、家告へ。名告らさね。そ

らみつ
倭の国は、おしなべて吾こそ坐れ。しきなべて吾こそ坐れ。吾こそは告らめ。家をも名をも

籠はよ、箆はよ。その籠持ち、その箆を持って、この岡で、菜を摘んでいらっしゃるお娘よ。家を仰っしゃい。名をおっしゃいな。この倭の国は、私が天子として、すっかりおさえている。私がすっかり領している。こうまあ、私から言い出そうよ。わたしの家も、名も。（略）

（『口語万葉集』折口信夫訳『池澤夏樹＝個人編集　日本文学全集02』※以下、折口訳）

籠や箆というのは、若菜を摘みに野原に出たとき使う道具です。それを持っている女の子に呼びかけているんですね。男性が女性に名前をたずねています。昔は、名前を答えるということは、共寝を承知するということでした。だから女性のほうは、そう簡単に名前を教えるわけにいかない。そこで雄略は、自分が天皇で強い権力を持っていること、その力で国を統治していることをアピールして、厚かましく声をかけている。それがいかにも天皇らしい。ぼくが日経新聞で連載をしている『ワカタケル』は、この雄略天皇が主人公です。雄略は

歴代天皇のなかでもっとも評判が悪く、『日本書紀』では大悪天皇と書かれています。たくさん人を殺した天皇だけれども、一方で彼は優れた詩人でもありました。

日本の歴史に目を向けると、天皇というのは実に不思議な王制です。古代には政治を司っていたけれども、摂関政治の後になると、いくつかの例外を除いて、ほとんど政治に関わっていません。では、政治にかわって何をやっていたかというと、まずお祈りです。伊勢神宮をはじめとする神宮で、国の安全のために祈っていました。それから、文化の伝達です。もっぱら和歌ですね、天皇の名において勅撰集というアンソロジーを次々に編みました。この伝統は近代に至っても変わらず、今でもお正月には歌会始(うたかいはじめ)がありますね。そんなふうに継承されてきた和歌の伝統の、いちばんはじまりにあるのが雄略天皇の歌です。雄略の歌には定型がありません。五七五七七の形が定着したのは、さらに後のことです。

『万葉集』から、さらに二つの歌を読んでみましょう。

斉明(さいめい)天皇の御代

額田ノ女王(ぬかたのひめおおきみ)の歌

熟田津(にぎたづ)に船乗(ふなの)りせむと月待てば、潮(しほ)も適(かな)ひぬ。今は漕(こ)ぎ出(い)でな伊予の熟田津で、舟遊びをしよう、と月の出を待っているうちに、月も昇り、潮もいい加減になって来た。さあもう漕いで出ようよ。

（折口訳）

人が舟で出ようとすると、潮流がちょうどいい具合に整ってきた。人がある行動をとろうとすると、その行動をとるための条件を自然の側が用意する。人間と自然のふるまいが呼応して、歌が生まれています。自然との共感関係が強いのが、日本の詩歌に顕著な特徴です。

遣新羅使人の妻
君が行く海辺の宿に霧立たば、吾が立ち嘆く息と知りませ

（『万葉集』巻十五・三五八〇）

これは「万葉集」の3580です。朝鮮半島の新羅へ使節団が行くことになり、その使節団の人たちが詠んだ歌を集めたパートが『万葉集　巻十五』にあります。そのなかの一首で、夫の長い留守を前にして、使人の妻が詠ったものです。「あなたが行く先々の海辺の宿に霧が立ったら、その霧はあなたの帰りを待ちわびて嘆く私の吐息だと思ってください」。妻の気持ちが自然現象となって、遠い夫のもとへ届くんですね。

こういう形で自然を取り込んだ詩歌は、他の国にはなかなかありません。シェイクスピアのソネットなんかを見ても、自然はほとんど出てこない。この自然観は、日本の気候的条件が影響しています。モンスーン気候で、気温が高く、草木はよく伸び、人間は自然に親しむことができる。ヨーロッパのように、自然は神の栄光のあらわれという自然観がありません。あるいはアラビアの砂漠でずっと砂に囲まれていたら、人はわざわざ砂を歌にしたりしないでしょうね。砂漠の広さは人を不安にさせます。だから、きっと上のほうで誰かが自分を見てくれている、そう信じて安心したい。砂漠の宗教はそのように始まり、エホバやアラーが誕生したのでしょう。日本のように、自然そのものが神様たちだというわけではない。

むろの海や瀬戸の早舟なみたてて片帆にかくる風のすずしさ
藤原信実（ふじわらののぶざね）

十三世紀に詠まれた藤原信実の一首です。室は瀬戸内海の室津（むろつ）の港、現在はさほど栄えていないけれども、古くは瀬戸内海航路で必ず船が立ち寄る重要な拠点でした。片帆というのは、横風を受けて帆走するとき、風をはらませるために帆を傾けて張ることです。夏の盛りにこの句を読むと、少し涼しげな気になります。これも人の心と自然現象が通じ合っている歌ですね。

和歌の発達

日本人は和歌を詠むのが好きで、延々と詠んできました。先ほども言いましたが、これは一方で個人の気持ちを詠いながら、他方で祝祭的な面がありました。歌合(うたあわせ)がわかりやすいですね。有名な歌人を左右二組に分け、出題されたテーマを歌に詠み、それを比べて優劣を競うゲームです。

それから、和歌は贈答されるものでもありました。これも日本の詩歌の特徴で、これほど恋を大事にする文学史は他にありません。男が女に言い寄るときに歌を作って贈る。この男はあまり歌が上手くないなとか思いながら、女はやはり歌を返す。そのやりとりで男女の仲が成立する。昔は女性は男性に顔を見せてはいけませんでしたから、あの女は綺麗らしいと伝え聞く評判だけで、男が女に歌を贈った。そのために光源氏と末摘花(すえつむはな)のようなお話も生まれるわけですが、それはまた別の機会にしましょう。

そうして和歌は延々と作られてきたのですが、どうも五七五七七では足りなくなってきました。三十一字だけでは言い足りず、思いが残ってしまう。そこで、数首をセットにして提出することを始めました。また詞書（ことばがき）といって、その歌の主題や成立事情などを説明する文章を歌の前に置く。それでも足りなければ、左注（さちゅう）といって、歌の後ろに補足の説明を加えます。詞書と左注で前後を固めて、歌を盛り立てるんですね。さらにそれでも足りずに、詞書と左注がさらに膨らんで、小さな物語になる。

そうやって生まれたのが『伊勢物語』です。『伊勢物語』は歌物語といわれます。誰がいつどこでどういうふうに詠んだ歌だという説明書きが、そのままストーリーになった。そうして物語が発達していき、歌に説明書きがついているというよりも、長い物語のなかに歌がはめこまれるようになった。『源氏物語』がそうですね。

『源氏物語』で、藤壺が亡くなったときに、光源氏が一言「今年ばかりは」とつぶやきます。これは挽歌からの引用です。挽歌というのはもともと中国語で、棺を乗せた車を挽く歌、つまりお葬式の歌です。

深草の野辺の桜し心あらば今年ばかりは墨染（すみぞめ）に咲け　上野岑雄（かむつけのみねお）

（『古今集』）

「深草の野辺の桜よ、もしも心があるならば、私のつらい弔意をあらわして、今年くらいはピンクでなく僧衣のような墨染の色に咲いてくれ」。この挽歌は、大事な人を亡くしたときに誰もが思い浮かべるほど、よく知られていた歌でした。この歌の一部である「今年ばかりは」と光源氏が言うだけで読者はわかる。これが紫式部の仕掛けが見えるところでもあり、当時の読者の教養もわかりますね。

もう一つ、新しく考え出された方法に、連歌（れんが）があります。一首を二人で詠む。ある人が五七五を詠むと、別の人が七七をつける。二人の人が寄って三十一文字の短い詩を作る。これがひじょうに流行って、さらに工夫を重ねました。五七五、七七、その後にまた五七五、七七、五七五、七七とつけていったらどうか。これは延々と連ねられる。こうして生まれたのが連歌・連句です。

ちなみに、連歌・連句の始まりは『古事記』なんです。天皇である父親の命令を受けて、ヤマトタケルが行く先々の豪族を平定しながら、東へ東へと遠征を続ける。本当はもう故郷に帰りたいのだけれども、父は帰還を許さない。天皇にすれば、いくら息子といえども、人望が厚く戦争の上手い男が自分の側にいては不安でしかたがない。だから遠くへ追いやる。そんな父の思惑を知らずにヤマトタケルは旅を続けます。

蝦夷（えみし）を平定し、常陸（ひたち）を過ぎ、甲斐に滞在したときのことです。夜、ヤマトタケルがこう言います。「新治（にひばり）　筑波（つくは）を過ぎて　幾夜か寝つる（新治と筑波を過ぎて、どのくらいの夜を過ごしただろうか）」。すると、「かがなべて　夜には九夜　日には十日を（数えてみると、夜は九夜、昼は十日です）」と火の番の男が返事しました。この問答が、日本文学史における最初の連歌です。このお話から、連歌のことを別名で「筑波の道」と呼んだりもします。

こうして連歌・連句の形式で歌を詠みつづけるうちに誰かが、発句、つまり最初の五七五だけで自立できるのではないかと気がついた。連歌・連句は、前の句を受けて後の句をつなげていくところに面白さがあるのだけれど、発句だけは何もないところにいきなり登場する。この発句だけを競う遊びが始まりました。もうおわかりですね。座に集う人々と感興を共にするのではなく、まったくの個人の思いをつぶやく。これが俳句です。

その他にも歌謡の形式はいろいろあります。江戸時代になると三味線が普及して、いっそう歌が盛んになる。江戸時代は平和でしたしね。長唄、常磐津、清元、関東節、小唄といった俗謡がたくさん生まれてくる。やはり詩歌は紙に書かれた文字だけではなく、節がついて歌われて、一つの座で共有されるものとしてあったんですね。

人間と自然、死と夢と星

先ほど、日本の詩歌の特徴に人間と自然との呼応関係があると言いましたが、俳句もそれを基本にしています。俳句には季語がありますね。自然をどのように自分の心に重ねて詠むことができるか。それが俳句を作る楽しさでしょう。

旅に病(やん)で夢は枯野(かれの)をかけ廻(めぐ)る

(『笈日記(おいにつき)』一六九四〔元禄七〕)

芭蕉の辞世の句です。自分は旅先で病気になって伏せっていて、これまで歩いた野やまだ見ぬ野を夢のなかで駆け巡っている。夢を通じて、病んだ自分と荒れた野原をつなげる。こういう形で自分の心のありようを表現する。

とても近い例があります。二〇一一年(平成二十三)、東日本大震災がありました。みな心が沈んで、泣いてばかりいて、何をどうしたってつらかった。そんななかで、俳句を詠んでいた方がいらっしゃいました。岩手県釜石市の高校で国語教師を務めていた、照井翠(てるいみどり)さんです。

春の星こんなに人が死んだのか

(『龍宮』角川学芸出版 二〇一三年〔平成二十五〕)

二万人が死んだのではなく、一人が亡くなるということが同時に二万件も起きたのだ。人の死を軽々しく数字にしてはいけない。震災直後はそんなふうによく言われていましたよね。しかしながら、二万もの死というのは、どうしても数にしてしまうしかない。

夜、海辺に出て、空を見上げると、星が光っている。星をいちいち数え上げることはできないけれど、星がたくさんあることだけはよくわかる。一つ一つの星に目を凝らすことはできる。星の一つずつを死んだ人と見る。数のジレンマにしてはいけない。でも、たくさんの死があったということを、どうにかして自分の心に納得させたい。そういう思いから、この句は作られました。

近現代の詩

明治時代になって、日本は近代化が国の方針になりました。脱亜入欧です。文学もまた変化を迫られます。もはや和歌は古典としてやりつくされた。これからは西洋の詩の形を取り入れようという、そういう意気込みで、さまざまな試みがなされます。この流れ全体をここで要約することはぼくにはできませんので、もしご興味があれば、日夏耿之介（ひなつこうのすけ）『明治大正詩史』を読んでみてください。とても分厚い本ですが、その題名どおり、この時代の詩歌の歴史を詳しく扱っています。

ぼくとしては、「近現代詩歌　詩」をまとめるのに、特に方針を立てたわけではありません。これまで何十年か読んできた詩を再読して、改めて選んで並べました。もしもぼくの選び方に傾向があるとしたら、これは詩歌も小説も同じなのですが、三つの流れがあったかもしれません。一つは、私小説的に自分の心情を述べる詩。もう一つは、自分から離れて、架空のことを抽象的に詠むモダニズム的な詩。さらにもう一つは、プロレタリア文学に呼応する思想のこもった詩。こういった特色は、詩人ごとに異なりますし、さらに同じ詩人でも作品ごとに違うものでもあります。

加えてもう一つ、ぼくが選ぶにあたって重視した、詩の原理があります。それは、詩は耳で聴くものだということです。詩は基本的に、目で読まないとわからない言葉を使ってはいけません。耳で聴いて意味がわかるように作る。それが詩であるとぼくは思っています。

かく言うぼくも、失敗したことがあります。ぼくはある詩のなかで、「長い髪は　濡れれば潮　乾けば塩」と書いたんです。潮と塩、どちらもシオと読みますね。これだと耳でわかりませんね。後になって反省しました。

では、近現代の詩を読んでいきましょう。なるべく耳で聴くことができる詩を取り上げますから、声に出して読んでみてください。

島崎藤村

初恋

まだあげ初(そ)めし前髪の
林檎(りんご)のもとに見えしとき
前にさしたる花櫛(はなぐし)の
花ある君と思ひけり

やさしく白き手をのべて
林檎をわれにあたへしは
薄紅(うすくれなゐ)の秋の実に
人こひ初(そ)めしはじめなり

わがこゝろなきためいきの
その髪の毛にかゝるとき

たのしき恋の盃(さかづき)を
君が情(なさけ)に酌みしかな
林檎畠(りんごばたけ)の樹(こ)の下に
おのづからなる細道は
誰(た)が踏みそめしかたみぞと
問ひたまふこそこひしけれ

（『若菜集』春陽堂　一八九七年〔明治三十〕）

明治時代に入って、古典的な詩の形を変えていこうと試行錯誤が始まりますが、最初の頃はどうしても五七五がついてまわります。この後もさまざまな詩人が登場しますけれども、この韻律からはなかなか逃れることができません。そして、短歌や俳句と比べて、長いですよね。これだけの行数を使わなければ伝えられない抒情に日本人は目覚めたということです。

七五調だとどうしても文語調になりますが、この後、口語体が取り入れられていきます。たとえば高村光太郎の次の詩は、モダンな感じがして、今の詩とそれほど変わりません。

高村光太郎

樹下の二人

——みちのくの安達が原の二本松松の根かたに人立てる見ゆ——

あれが阿多多羅山、
あの光るのが阿武隈川。

かうやつて言葉すくなに坐つてゐると、
うつとりねむるやうな頭の中に、
ただ遠い世の松風ばかりが薄みどりに吹き渡ります。
この大きな冬のはじめの野山の中に、
あなたと二人静かに燃えて手を組んでゐるよろこびを、
下を見てゐるあの白い雲にかくすのは止しませう。

あなたは不思議な仙丹を魂の壺にくゆらせて、

ああ、何といふ幽妙な愛の海ぞこに人を誘ふことか、
ふたり一緒に歩いた十年の季節の展望は、
ただあなたの中に女人の無限を見せるばかり。
無限の境に烟(けぶ)るものこそ、
こんなにも情意に悩む私を清めてくれ、
こんなにも苦渋を身に負ふ私に爽(さわ)やかな若さの泉を注いでくれる、
むしろ魔もののやうに捉へがたい
妙に変幻するものですね。

あれが阿多多羅山、
あの光るのが阿武隈川。

ここはあなたの生れたふるさと、
あの小さな白壁の点点があなたのうちの酒庫(さかぐら)。
それでは足をのびのびと投げ出して、
このがらんと晴れ渡つた北国(きたぐに)の木の香に満ちた空気を吸はう。

あなたそのもののやうなこのひいやりと快い、
すんなりと弾力ある雰囲気に肌を洗はう。
私は又あした遠く去る、
あの無頼（ぶらい）の都、混沌（こんとん）たる愛憎の渦の中へ、
私の恐れる、しかも執着深いあの人間喜劇のただ中へ。
ここはあなたの生れたふるさと、
この不思議な別箇（べつこ）の肉身を生んだ天地。
まだ松風が吹いてゐます、
もう一度この冬のはじめの物寂しいパノラマの地理を教へて下さい。

あれが阿多多羅山、
あの光るのが阿武隈川。

（『道程』〔改訂版〕山雅房　一九四〇年〔昭和十五〕）

北原白秋

さまざまな詩形を縦横無尽に使ったのが北原白秋(きたはらはくしゅう)です。口語の定型詩も、俗謡も、短歌も、それから童謡などの作詞も多い。大変な才能だと思います。次の詩は、白秋がキリシタン文化に憧れて作った詩です。

邪宗門秘曲

われは思ふ、末世の邪宗、切支丹(きりしたん)でうすの魔法。
黒船の加比丹(かひたん)を、紅毛の不可思議国を、
色赤きびいどろを、匂(にほひ)鋭(と)きあんじやべいいる、
南蛮の桟留縞(さんとめじま)を、はた、阿剌吉(あらき)、珍酡(ちんた)の酒を。
目見(まみ)青きドミニカびとは陀羅尼(だらに)誦(ず)し夢にも語る、
禁制の宗門神を、あるはまた、血に染(そ)む聖磔(くるす)、
芥子粒(けしつぶ)を林檎(りんご)のごとく見すといふ欺罔(けれん)の器(うつは)、

波羅葦僧の空をも覗く伸び縮む奇なる眼鏡を。

屋はまた石もて造り、大理石の白き血潮は、
ぎやまんの壺に盛られて夜となれば火点るといふ。
かの美しき越歴機の夢は天鵝絨の薫にまじり、
珍らなる月の世界の鳥獣映像すと聞けり。

あるは聞く、化粧の料は毒草の花よりしぼり、
腐れたる石の油に画くてふ麻利耶の像よ、
はた、羅甸、波爾杜瓦爾らの横つづり青なる仮名は
美くしき、さいへ悲しき歓楽の音にかも満つる。

いざさらばわれらに賜へ、幻惑の伴天連尊者、
百年を刹那に縮め、血の磔脊にし死すとも
惜しからじ、願ふは極秘、かの奇しき紅の夢、
善主麿、今日を祈に身も霊も薫りこがるる。

（『邪宗門』易風社　一九〇九年〈明治四十二〉）

リズムがいいですよね。耳だけでなく、目にも派手な漢字が飛びこんできます。キリシタン関係の文章から言葉を拾って、それを象嵌（ぞうがん）するように詩にはめこんだ。かつて日本人にとっていかにキリシタン文化が憧れだったかが伝わってきます。

この一方で、白秋はこういう俗謡めいた詩も書いています。

紺屋（かうや）のおろく

にくいあん畜生は紺屋のおろく、
猫を擁（かか）えて夕日の浜を
知らぬ顔して、しやなしやなと。

にくいあん畜生は筑前（ちくぜん）しぼり、
華奢（きやしや）な指さき濃青（こあを）に染めて、
金の指輪もちらちらと。

にくいあん畜生が薄情な眼つき、
黒の前掛、毛繻子か、セルか、
博多帯しめ、からころと。

にくいあん畜生と、擁えた猫と、
赤い入日にふとつまされて、
瀉に陥つて死ねばよい。ホンニ、ホンニ……

(『思ひ出』東雲堂書店 一九一一年〔明治四十四〕)

紺屋というのは染物屋です。「邪宗門秘曲」に比べると、ずいぶん現世的な世界ですね。おろくに憧れているのだけれども、相手にされないから「にくいあん畜生」と悪態をつく。これは江戸情緒の延長上にあります。

萩原朔太郎

モダニズムの典型としていちばんかっこいいのが萩原朔太郎です。

天景

しづかにきしれ四輪馬車、
ほのかに海はあかるみて、
麦は遠きにながれたり、
しづかにきしれ四輪馬車。
光る魚鳥の天景を、
また窓青き建築を、
しづかにきしれ四輪馬車。

（『月に吠える』感情詩社・白日社出版部　一九一七年〔大正六〕）

「麦は遠きにながれたり」は、高鳳漂麦（こうほうひょうばく）という中国の故事に由来しているのだと思います。後漢の高鳳という学者は妻に干した麦の番をするように頼まれたが、読書に夢中になって、にわか雨で麦が流されるのに気がつかなかった。それくらい熱心に勉強しなさいという故事です。朔太郎はこの故事を使いたかったのでしょう。

室生犀星

昨日いらつしつて下さい

きのふ　いらつしつてください。
きのふの今ごろいらつしつてください。
そして昨日の顔にお逢ひください、
わたくしは何時も昨日の中にゐますから。
きのふのいまごろなら、
あなたは何でもお出来になつた筈です。
けれども行停りになつたけふも
あすもあさつても
あなたにはもう何も用意してはございません。
どうぞ　きのふに逆戻りしてください。
きのふいらつしつてください。
昨日へのみちはご存じの筈です、

昨日の中でどうどう廻りなさいませ。
その突き当りに立つてゐらつしやい。
突き当りが開くまで立つてゐてください。
威張れるものなら威張つて立つてください。

（『昨日いらつしつて下さい』五月書房　一九五九年〈昭和三十四〉）

女の人が男性をちょっと突き放す。「昨日いらしてください」という、ありえない言い方がおもしろいですね。どうしたってあなたは昨日に戻れるわけがないし、でも私は昨日のなかにしかいませんよと言い放つ。時間軸のずらし方がSF的ですし、とても粋で都会的な詩であるとも思います。

室生犀星は金沢の人です。堀辰雄と室生犀星は仲が良くて、しょっちゅう家を行き来して語り合っていました。堀の妻になった多恵子さんが新婚早々、「犀星さんはお顔がサイに似ていらっしゃるから、サイセイというお名前をつけられたんですか」と言って、夫に怒られたそうです。この話はぼくが多恵子さんから直に聞いた話だから、間違いありません。犀星は、動物のサイでなく、金沢の犀川にちなんだペンネームです。

日本の詩人たちは、一生詩人であるか、詩を捨てて小説にいくか、二つのタイプがありました。犀星は珍しく、最後まで詩と小説を書いた人です。ぼくの父親は福永武彦という小説家で、若い頃は詩を書いて、『ある青春』という詩集を一冊出して、それからほとんど詩を書かなくなって、晩年にまた少し書きました。彼はぼくに「若いときの思い出に詩集が一冊あるくらいでいいんだよ」と言っていて、ぼくもほとんど同じようなことになっています。また詩を書こうとは思っているんですけどね。

堀口大學

さて、堀口大學(ほりぐちだいがく)です。彼はもっぱらフランス語の詩の翻訳家として、日本の詩人たちに大きな影響を与えた詩人です。堀口の父・堀口九萬一(くまいち)が外交官だったため、堀口は若いときから海外に暮らし、フランス語が堪能でした。日本的な湿ったものと縁がなくて、実にさらりとユーモアのある詩を書きました。『ユモレスク』という詩集があります。それに収められていたか、娘の堀口すみれ子の回想録だったか、晩年に近所のおばあさんと喧嘩して「あんな婆さんいずれは墓場／途中で焼場」と詠んでみたり、「文化勲章沙汰もなし／ノーベル賞はいつのこと」とぼやいたりしています。後に文化勲章をもらいましたが。

魂よ

魂よ、
お前は扇なのだから、
そして夏はもう過ぎたのだから、
片隅のお前の席へ戻つておいで、
邪魔になつてはいけないのだから。

魂よ、
お前は扇なのだから、
そして夏はもう過ぎたのだから、
もう一度自分に用があらうなぞと
思つてはいけないのだから、
たとへ夏はまた戻つて来ても
来年には
来年の流行(はやり)があるのだから。

二一〇

魂よ、
お前は扇なのだから
お前は羽搏（はばた）きはするが
翔ぶことは出来ないのだから、
似てはゐても
お前は翼ではないのだから。

いま時は、秋なのだから
そして冬も近いのだから、
邪魔になつてはいけないのだから
お前は小さくなつて
片隅のお前の位置（ありか）で
松吹く風の声と
岸打つ波のひびきに
わななきながら
聴きいつてゐるがよいのだ。

魂よ、
お前は、
お前は
扇なのだから。

（戦ひの日、興津にて）

（『人間の歌』宝文館　一九四七年〔昭和二十二〕）

皆さんは、心と魂の違いがわかりますか。ぼくは「池澤夏樹＝個人編集　日本文学全集」を作っていて、ようやくわかりました。心は体の中にあります。魂は体の外に出ることができるんです。

『源氏物語』で生霊が出てきます。六条御息所の生霊が葵の上の出産の場に現れて、しまいに取り殺してしまう。そのことに後で六条御息所自身が気づいて、怖気をふるう場面があります。自分はどこにも行っていないのに、自分の着物から匂いがする。当時は出産のために加持祈禱が行われたのですが、その香の匂いが自分の着物に染みついていたんですね。そういうふうに、体の外へ出ることができるのが魂です。

魂と玉ないし珠は、同じ言葉として通じています。象徴的な宝物としての玉ですね。これにも霊的な価値があり、かつ具体的にやりとりすることができます。これを踏まえて「魂よ」は、扇が魂であるという発想があるのだと思います。

佐藤春夫

佐藤春夫は、小説のほうが表芸でしたけれども、裏にはいい詩があります。「秋刀魚（さんま）の歌」が有名ですが、「海の若者」を読んでみましょう。

海の若者

若者は海で生れた。
風を孕（はら）んだ帆の乳房で育つた。
すばらしく巨（おほき）くなつた。
或（あ）る日　海へ出て
彼は　もう　帰らない。
もしかするとあのどつしりした足どりで

海へ大股に歩み込んだのだ。
とり残された者どもは
泣いて小さな墓をたてた。

(『佐藤春夫詩集』第一書房　一九二六年〔昭和元〕)

佐藤は和歌山県新宮(しんぐう)の出身です。新宮は海辺の町です。帰ってこない英雄がいて、取り残された者たちは泣きながら彼の墓を建てた。どことなくヤマトタケルの話が思い出されます。ヤマトタケルは倭に帰ることなく、旅の途中で死んでしまい、大きな白い鳥になって飛んでいきました。残された女たちは、足が傷だらけになるのも構わず、鳥の後を追って走っていった。けれども、鳥は空に消えてしまった。英雄は帰らないことでむしろ、広い空や大きな海へ解き放たれたかのようです。

金子光晴

金子光晴は数奇な人生をおくった人です。酒商の家に生まれたのですが、父が事業に失敗し、土建業を営む家へと養子に出されます。養父が亡くなって光晴は多額の遺産を相続して、しかしあっという間に使い果たしてしまいます。国内を目的なく旅をして、やがて妻の三千代とともに放浪のような旅をします。上海を出発して、西へ西へと向かって、旅費がなくなると現地で稼ぎ、妻を先に行かせて自分は後から追いかけ、そんなことをしながらフランスまで行きました。光晴の人生で大事なのは旅です。

その一方で光晴は徹底した反戦主義者でもあって、天皇制に対する強烈な批判の詩も書いています。

「洗面器」という詩を読んでみましょう。旅の途中、東南アジアで書かれた詩です。マレー半島に日本人が経営するゴム園があって、光晴はそこに数日ほど居候になって、近所の人たちに絵を売ったりしました。光晴は絵も上手かったんですね。絵を売ったお金で、また次の土地へ向かいました。

洗面器

（僕は長年のあひだ、洗面器といふうつはは、僕たちが顔や手を洗ふのに湯、水を入れるものとばかり思つてゐた。ところが爪哇人たちは、それに羊や、魚や、鶏や果実などを煮込んだカレー汁をなみなみとたたへて、花咲く合歓木の木蔭でお客を待つてゐるし、その同じ洗面器にまたがつて広東の女たちは、嫖客の目の前で不浄をきよめ、しやぼりしやぼりとさびしい音を立てて尿をする。）

洗面器のなかの
さびしい音よ。

くれてゆく岬（タンジョン）の
雨の碇泊（とまり）。

ゆれて、
傾いて、
疲れたこころに
いつまでもはなれぬひびきよ。

人の生のつづくかぎり。
耳よ。おぬしは聴くべし。

洗面器のなかの

音のさびしさを。

（『女たちへのエレジー』創元社 一九四九年〔昭和二十四〕）

吉田一穂

吉田一穂（よしだいっすい）はモダニズムの詩人ですが、強烈な反戦詩も書いていますし、私小説的な作品も残されています。「母」という詩を読んでみましょう。これはモダニズムの典型のような作品で、「母」ではあっても、自分の母のことを直接詠ってはいません。

母

あゝ麗はしい距離（デスタンス）、
つねに遠のいてゆく風景……
悲しみの彼方、母への、
捜（さぐ）り打（う）つ夜半の最弱音（ピアニッシモ）。

（『海の聖母』金星堂 一九二六年〔昭和元〕）

距離や最弱音に片仮名のルビが使われていますね。いかにもモダニズム的な趣向です。

安西冬衛

さて、モダニズムの詩といえば、安西冬衛（あんざいふゆえ）の「春」。たった一行の詩です。

春

てふてふが一匹韃靼（だつたん）海峡を渡つて行つた。

（『軍艦茉莉』厚生閣書店　一九二九年〔昭和四〕）

韃靼海峡は樺太（からふと）と大陸の間にある海峡で、その海上を頼りなげに健気に蝶々が飛んでいく。蝶は長い渡りをします。飛翔力もスピードもないけれども、蝶はいったん高い所まで行くと、風に乗って遠くへ行ける。沖縄から本州まで蝶は渡りますからね。

三好達治

音の響きにとても敏感な詩人がいました。三好達治（みよしたつじ）です。ぼくは詩は耳で聴くものだとくりかえし言ってきましたが、三好の詩こそ、耳で聴いてもっとも心地よい歌だと思います。

甃（いし）のうへ

あはれ花びらながれ
をみなごに花びらながれ
をみなごしめやかに語らひあゆみ
うららかの跫音（あしおと）空（そら）にながれ
をりふしに瞳をあげて
翳（かげ）りなきみ寺（てら）の春をすぎゆくなり
み寺の甍（いらか）みどりにうるほひ
廂（ひさし）々に
風鐸（ふうたく）のすがたしづかなれば

ひとりなる
わが身の影をあゆまする甃のうへ

（『測量船』第一書房　一九三〇年〔昭和五〕）

春に大きなお寺の境内を若い女たちが語らいながら歩いていく。それだけの情景がまるで音楽のように流れていきます。

三好は一九六四年（昭和三十九）に亡くなり、まもなくして、三好達治を偲ぶシンポジウムが開かれました。ぼくは会場の岩波ホールに出かけていって、そこで一度だけ小林秀雄という人の顔を見ました。どちらかというとぼくは小林が苦手で、あの人の評論はあまり論旨が通ってないのに、凄むんです。それが立派な気がするらしく、感化されてしまう人が多いですね。しかしそのシンポジウムでは小林に感銘を受けました。

小林は三好の話をしないで、「心は釈けないんです。だけど歌は釈けるんです」と言いました。これは本歌取りでしてね。島木赤彦という歌人が信州で亡くなったとき、その葬儀に参列した釈迢空（折口信夫）が、帰りの汽車で詠んだ歌があります。「さゞれ波／　つばらに見ゆる　諏訪の湖。／心はつひに、／釈けがたきかも」。「さゞれ波」は枕詞、「つばらに見ゆる」ははっきり見えるという意味です。島木と釈迢空のあいだに何か行き違いがあって、それを解決しないまま島木が亡くなってしまったという歌だと思います。小林はこの歌を引用して、「心は釈けないんです。だけど歌は釈けるんです」と言った。
歌は言葉だから、自分なりに意味をつけて読んでいい。詠み手がどんなつもりで詠んだかを別にして、歌は自立してあるのだ。小林はそう宣言しているんですね。これは文学にとってとても大事な原理です。これを教えてもらったことは小林秀雄への大きな恩義です。

中野重治

プロレタリア文学の詩を読みましょう。戦前の日本に朝鮮から無理やり連れて来られた人がいて、日本でこき使われて、関東大震災では何千人と殺された。そんな彼らが、またやむをえない理由で朝鮮半島に帰っていく。それを見送る詩があります。

雨の降る品川駅

辛(しん)よ　さようなら
金(きん)よ　さようなら
君らは雨の降る品川駅から乗車する

李(り)よ　さようなら
も一人の李よ　さようなら
君らは君らの父母(ちちはは)の国にかえる

君らの国の川はさむい冬に凍る
君らの叛逆(はんぎゃく)する心はわかれの一瞬に凍る

海は夕ぐれのなかに海鳴りの声をたかめる
鳩は雨にぬれて車庫の屋根からまいおりる

君らは雨にぬれて君らを追う日本天皇**を思い出す
君らは雨にぬれて　髭(ひげ)*　眼鏡**　猫脊**の彼*を思い出す

ふりしぶく雨のなかに緑のシグナルはあがる
ふりしぶく雨のなかに君らの瞳はとがる

雨は敷石にそそぎ暗い海面におちかかる
雨は君らの熱い頬にきえる

君らのくろい影は改札口をよぎる
君らの白いモスソは歩廊の闇にひるがえる

シグナルは色をかえる
君らは乗りこむ

君らは出発する
君らは去る

さようなら　辛
さようなら　金
さようなら　李

さようなら　女の李
行つてあのかたい　厚い　なめらかな氷をたたきわれ
ながく堰かれていた水をしてほとばしらしめよ
日本プロレタリアートのうしろ盾まえ盾
さようなら
報復の歓喜に泣きわらう日まで

（『中野重治詩集』ナウカ社　一九三五年〔昭和十〕）

革命願望ですね。日本帝国主義からの離脱が詠われています。「＊」部分は当時は伏せ字で発表されました。

中原中也

今の日本でいちばん愛されている近現代の詩人といえば、一人は宮沢賢治、もう一人は中原中也です。宮沢賢治の詩は「日本文学全集」『宮沢賢治／中島敦』の巻に収めましたので、ここでは紹介しません。中原中也を読みます。中也は、我々の気持ちの基本形みたいな感じがします。

戦前の文学者には二つのパターンがありました。一つは、江戸または東京生まれで、徳川幕府の御家人(ごけにん)や旗本、あるいはそれが崩れた町人の子孫の家に生まれた。都市的な教養をもち、それを西欧的なもので覆って自分の文学を作った人たち。典型が夏目漱石、芥川龍之介、堀辰雄ですね。

もう一つは、地方から出てきた詩人や作家。その多くが名家の出身で、家に資産があって、仕送りしてもらうことができた。それを頼りに、文学者として芽が出るまで頑張る。あるいは、さっさと別の道で出世して、かたわらで文学を作る。典型が森鷗外です。彼は島根から東京に出てきて軍医になり、のちに軍医総監にまでなりましたが、その一方で文学に励みました。地方出身者には他に、金沢の室生犀星、青森の太宰治、山口の中原中也などがいます。

中也は東京に出て詩を書いて、しかし詩では食べていくのが大変で、ときどき帰郷しては、もう諦めて本格的に郷里へ帰ろうとしたところで亡くなります。抒情を詠むのが上手い詩人ですね。

柱も庭も乾いてゐる
今日は好い天気だ
　　椽(えん)の下では蜘蛛(くも)の巣が
　　　心細さうに揺れてゐる

山では枯木も息を吐(つ)く
あゝ今日は好い天気だ
　　路傍(みちばた)の草影が
　　　あどけない愁(かな)しみをする

これが私の故里(ふるさと)だ
さやかに風も吹いてゐる
　　心置なく泣かれよと
　　　年増(としま)婦の低い声もする

あゝ　おまへはなにをして来たのだと……

吹き来る風が私に云ふ

（『山羊の歌』文圃堂書店　一九三四年〔昭和九〕）

田村隆一

戦後にいきましょう。「荒地（あれち）」という一派に属した田村隆一です。

帰途

言葉なんかおぼえるんじゃなかつた
言葉のない世界
意味が意味にならない世界に生きてたら
どんなによかつたか

あなたが美しい言葉に復讐（ふくしゅう）されても
そいつは　ぼくとは無関係だ
きみが静かな意味に血を流したところで

そいつも無関係だ

あなたのやさしい眼のなかにある涙
きみの沈黙の舌からおちてくる痛苦
ぼくたちの世界にもし言葉がなかつたら
ぼくはただそれを眺めて立ち去るだろう

あなたの涙に　果実の核ほどの意味があるか
きみの一滴の血に　この世界の夕暮れの
ふるえるような夕焼けのひびきがあるか

言葉なんかおぼえるんじやなかつた
日本語とほんのすこしの外国語をおぼえたおかげで
ぼくはあなたの涙のなかに立ちどまる
ぼくはきみの血のなかにたつたひとりで帰つてくる

（『言葉のない世界』昭森社　一九六二年〔昭和三十七〕）

詩人に「言葉なんかおぼえるんじゃなかった」と言われると、こちらは二の句が継げなくなりますね。しかし、言葉があるから人と人とはつながり、つながるからあなたに君に心が伝わる。伝わることがなければ、あなたに君に背を向けて立ち去れるのに。逆説的な人と人のなかの詩ですね。

茨木のり子

次は、女の人にしか書けない口語の詩です。戦後から戦時をふりかえっています。

　わたしが一番きれいだったとき
わたしが一番きれいだったとき
街々はがらがら崩れていって
とんでもないところから
青空なんかが見えたりした

わたしが一番きれいだったとき
まわりの人達が沢山死んだ
工場で　海で　名もない島で
わたしはおしゃれのきっかけを落してしまった

わたしが一番きれいだったとき
だれもやさしい贈物を捧げてはくれなかった
男たちは挙手の礼しか知らなくて
きれいな眼差(まなざし)だけを残し皆発(た)っていった

わたしが一番きれいだったとき
わたしの頭はからっぽで
わたしの心はかたくなで
手足ばかりが栗(くり)色に光った

わたしが一番きれいだったとき

わたしの国は戦争で負けた
そんな馬鹿なことってあるものか
ブラウスの腕をまくり卑屈な町をのし歩いた

わたしが一番きれいだったとき
ラジオからはジャズが溢(あふ)れた
禁煙を破ったときのようにくらくらしながら
わたしは異国の甘い音楽をむさぼった

わたしが一番きれいだったとき
わたしはとてもふしあわせ
わたしはとてもとんちんかん
わたしはめっぽうさびしかった

だから決めた　できれば長生きすることに
年とってから凄(すご)く美しい絵を描いた

フランスのルオー爺さんのように
　　　　　　　　　　　　　　ね

　　　　　　　　　　（『見えない配達夫』飯塚書店　一九五八年〔昭和三十三〕）

岩田宏

最後に一篇。理屈を言ったり解釈したりするものでなく、詩とはこういうものだと見せつけられます。岩田宏は同時にロシア語とフランス語と英語の翻訳者、小笠原豊樹（おがさわらとよき）でした。翻訳の仕事もすごかったけれど、詩のほうがすごい。吾子はおそらく孫だろうと思います。

　吾子（あこ）に免許皆伝

あこよ　あこよ
大きな声じゃ言えないが
としよりにだけは気を許すな
としよりと風呂に入るな　あこ
アコーデオンを弾くな　敵は音痴だ

恩知らずといくら罵られようとも
としよりとは口きくな　言い負かされると
あいつら必ず暴力だ　そのむこうは
あやめも咲かぬ真の闇で　そこが世界の
どまんなかだ　あこよ。

（『岩田宏詩集』思潮社　一九六八年〈昭和四十三〉）

なぜ楽器のアコーディオンが出てくるかというと、呼びかける相手が吾子だから、アコの音に掛けているんですね。そしてここは騙されてしまうんだけれども、「あやめ」は花の菖蒲じゃありません。綾目、つまり布なんかが織られた目のことです。綾目もわからないほどの闇という意味なんだけれども、「咲かぬ」と続けることで菖蒲に入れ替えてイメージさせる。こういういたずらが楽しくて美しいですね。

質疑応答

【質問1】中学生におすすめしたい詩、国語の教科書に掲載したい詩を教えてください。

この「日本文学全集」に掲載した詩なら、どれでもいいと思います。中学生でもわかる詩ばかりだし、入り口としてふさわしいと思います。

堀口大學のエロティックな詩だけは、控えたほうがいいでしょう。こういう詩です——

昔

せまいベットを悦(よろこ)んだ
そんな昔もありました

(『エロチック』プレス・ビブリオマーヌ 一九六五年〔昭和四十〕)

【質問2】東ヨーロッパでの講演タイトルが「俳句　どうしてこんなに短いの?」だとありました。俳句はどうして短いのか、教えてください。

詩形の変化については今日お話しした流れがあって、そういった流れというのは、誰が決めたのではないけれども、一方へ向かう力が働きやすいんですよね。どこまで短くできるかやってみようという流れができて、十七字という限界まで突きつめた。そこには季語や切字（きれじ）などいろいろ仕掛けがありまして、十七字でも日本の自然と心を十分に表現できるという共通の理解が生まれた。結果論ですけど、そういうことだろうと思うんです。

俳句は心象と外界の自然との呼応を図って作っている。短歌は、ただし正岡子規から後の短歌ですが、個人の心情を吐露しようとする。つまり、私小説に流れかねない詩形を短歌はもっている。今、一般に詠まれる短歌の多くは私的心情の表現です。この俳句と短歌の違いも、東ヨーロッパで説明したいと思っています。

【質問3】池澤さんがいちばん好きな詩は何ですか。

どうしても一つ選べと言われたら、宮沢賢治の「春と修羅」です。外の世界は春であるのに、自分の心は修羅である。ずれの悲しみですね。

【質問4】お話を聞いていて、歌と詩の結びつきの強さがわかりました。現代のポップソングの言葉を歌詞と言いますが、ああいった「詞」と、今日お話しされてきた「詩」は区別されるものでしょうか。

面白いご質問ですね。ここで読んできた詩は、響きは大事だと言いながら、朗読すれば完成して、それ以上の節はつけなくても自立できます。それに対して歌詞は、朗読して済むのではなく、あくまで節やメロディがなければ自立できない。

早い話が、ポップソングはメロディが先なんですよね。歌詞は意味が飛んでいても構わないんです。そのギャップをメロディが補ってくれますから。

ぼくは数年前に作詞を一度やったことがあります。原田知世さんから頼まれてうっかり引き受けたら、楽譜と音声のデータが送られてきて、まいりましたね。言葉を用意してはごにょごにょ歌ってみて、メロディと合わないからと何度も書き直して。なんとか完成しましたが、難しかったです。詞と詩は違う技術を要するんですね。「名前が知りたい」という歌で、アルバム『noon moon』に入っています。

本書は「池澤夏樹＝個人編集　日本文学全集」連続講義「作家と楽しむ古典」（二〇一八年三〜五、七〜八月にジュンク堂書店池袋本店で開催）を元に書籍化しました。

構成　五所純子

松浦寿輝（まつうら・ひさき）

一九五四年東京生まれ。詩人・小説家。東京大学名誉教授。二〇〇〇年「花腐し」で芥川賞受賞。著書に『半島』（読売文学賞）、『川の光』、『エッフェル塔試論』（吉田秀和賞）、『折口信夫論』（三島由紀夫賞）、『明治の表象空間』（毎日芸術賞特別賞）、『afterward』（鮎川信夫賞）などがある。

長谷川櫂（はせがわ・かい）

一九五四年熊本生まれ。俳人。著書に『俳句の宇宙』（サントリー学芸賞）、句集『虚空』（読売文学賞）、『古池に蛙は飛びこんだか』、句集『沖縄』、『芭蕉の風雅　あるいは虚と実について』、『四季のうた　微笑む宇宙』などがある。

池澤夏樹（いけざわ・なつき）

一九四五年生まれ。作家・詩人。八八年『スティル・ライフ』で芥川賞、九三年『マシアス・ギリの失脚』で谷崎潤一郎賞、二〇一〇年「池澤夏樹＝個人編集　世界文学全集」で毎日出版文化賞、一一年朝日賞、ほか多数受賞。他に『カデナ』『アトミック・ボックス』『砂浜に坐り込んだ船』など。

辻原登（つじはら・のぼる）

一九四五年和歌山生まれ。小説家。九〇年「村の名前」で芥川賞受賞。著書に『翔べ麒麟』（読売文学賞）、『遊動亭円木』（谷崎潤一郎賞）、『発熱』、『枯葉の中の青い炎』（川端康成文学賞）、『花はさくら木』（大佛次郎賞）、『闇の奥』（芸術選奨文部科学大臣賞）、『冬の旅』（伊藤整文学賞）などがある。

小澤實（おざわ・みのる）

一九五六年長野生まれ。俳人。二〇〇〇年「澤」を創刊・主宰。〇六年『瞬間』により読売文学賞詩歌俳句賞、〇八年『俳句のはじまる場所』で俳人協会評論賞受賞。著書に句集『砧』『立像』『小澤實集』、ほか『万太郎の一句』『名句の所以』など。

作家と楽しむ古典
松尾芭蕉／おくのほそ道
与謝蕪村
小林一茶
近現代俳句
近現代詩

著者＝松浦寿輝
辻原登
長谷川櫂
小澤實
池澤夏樹

二〇一九年四月二〇日　初版印刷
二〇一九年四月三〇日　初版発行

装　画＝guse ars
装　丁＝佐々木暁
発行者＝小野寺優
発行所＝株式会社河出書房新社
〒一五一－〇〇五一
東京都渋谷区千駄ヶ谷二－三二－二
電話＝〇三・三四〇四・一二〇一（営業）
〇三・三四〇四・八六一一（編集）
http://www.kawade.co.jp/
印刷所＝株式会社亨有堂印刷所
製本所＝加藤製本株式会社

ISBN978-4-309-72915-2
Printed in Japan